齐鲁文化
研究文库

荀子学说研究

杨大膺

著

出版说明

　　《齐鲁文化研究文库》从文化与学术两方面，精选了二十世纪以来历代学人对于齐鲁文化的研究成果，重印出版。"文库"所收之书，均为当时最能代表齐鲁文化研究水平的著作：或为一领域之集成之作；或其学说能成一家之言；或其在当时条件下于文化、学术方面有所创新、突破，而在今日看来亦能有益学林者，概均以其能反映当时文化与学术之面貌为准则。

　　民国时代，处中西文化、学术相碰撞与交融之时代，也是中国学术转型之滥觞；民国学人，学为通学，兼及中、西，为文渐脱清代考据之风，而汪洋恣肆、信手拈来。文意顺畅、思想通达，但以今日标准观之，于编校处问题亦多，为保其原貌，便于研读，在编辑整理中拟遵循以下之准则。

　　一、所收之书，原版均为繁体竖排，此次出版均改为简体横排。

二、文字繁转简及标点符号使用，均按现代汉语使用规范处理。

三、为充分尊重原著，书中原有之人名、地名、书名等，凡不影响阅读之处，对原文一仍其旧，不作改动。

四、原著中所引之文献，多有不注出处或省略更改者，但为保其原貌，倘不失原意，均以原版文献呈现，不以今本或其他底本为据修改。如确需校改者，则以"编者注"形式说明。

五、凡属原著排印错误，或系作者笔误，均做修改，但不出校记。

六、原书因书页残缺、字迹模糊等原因而不可识者，所缺字数用"□"表示；字数难以确定者，则用"（下缺）"表示。

我们虽竭力而为，但疏漏谬误，在所难免，望方家不吝指正。

目 录

蒋序

余于光华大学讲授荀子,学友杨大膺本其平日心得,撰《荀子学说研究》,凡得《绪论》《性论》《欲论》《礼论》《乐论》《天论》《劝学》《修身》《正名》《王制》《议兵》《解蔽》《结论》十三篇。书成,乃为之叙曰:荀子儒家之最笃实者也。儒家学说之体系,至荀子而始完成,后儒因其性恶之说,遂屏斥而不讲,致其学否晦数千年,蔽之甚也!何以言之?在孔子之时,仅曰:"性相近也,习相远也。"习相远者,视环境之良否,习于善则善,习于恶则恶。孔子语意浑沦,未尝作具体之性说,而性之有善有恶,固已见于言外。孟子主保存本性之善,而以仁义寡欲、调节其情;荀子主化导本性之恶,而以礼义导欲,节制其情,皆各得孔子之一端,看似相反,而实相成。不过孟子之仁义,是内心的制裁;荀子之礼义,是外界的制裁,方法不可同耳。且荀子时,人心浇漓,更甚于孟子之时。荀子立性恶之说,侧重外界的制裁，比较孟子之纯恃内心者，办法较为切实，是可见荀子立说，与时代潮流有关系也。此外，如孔子主张正名，这是儒家重要学说，然在孔子时未曾详说，七十子亦未有道及者，独荀子用经验的归纳法，将名词之本旨，及制名之枢要，正名之效用，一一详述。儒家之方法论，至荀子而始完整，盖是时惠施、公孙龙等之诡辩盛行，荀子不得不起而正之，与时代潮流亦有关系也。至于政治，在孔子时代，完全主用感化政策，故只言仁；至孟子时代，则人事较繁，世变较亟，故兼言仁义；迨荀子时代，则人事愈繁，世变愈亟，不得不注重刑法，此可见儒家思想之进展，亦时代为之背景也。至于荀子《解蔽篇》所独出之认识论，不特儒家向所未道，其余各家，亦从未言之，于此可见荀子思想之博大，非诸子可及。吾故云：荀子儒家之最笃实者，而亦完成儒学之人也。苟用此眼光以研究荀子学说，则其他各论可以一贯之矣。抑今之治古学者，往往喜取古书之材料，隶属于哲学方式之下，虽觉壁垒一新，究不免强古人以就我，有削足适履之嫌。兹书各节所用名词，多仍用荀子之旧名，其与今之哲学相通者，如方法论、认识论等，则亦采取哲学名词以解释之，以期不失荀子之真面目。窃以为治学当如此，此著者之微意也。大膺江西产，昔者肄业于光华大学，余讲授中国哲学，讲毕偶提出讨论问题，大膺辄多创见，能发前人所未发。既毕业，则独留沪上以求深造，恒往来于张孟劬先生及予之门，未期年而学大进，曾撰《孔子学说研究》，予既为之校改付梓矣，兹书之成，较前书尤多卓见。孔子云：
"后生可畏。"大膺将来于学术上之贡献，殆未可限量也。民国
十九年冬蒋维乔序于因是斋。

例言

荀子为儒家最笃实者，学问广博，集儒家之大成，故欲研究儒学，应从荀子着手。

汉代以还，学者多因荀子主张性恶，遂不重荀学，至宋明诸子，更加轻视，故荀学否晦数千年，迄清末学风转变，乃有从事荀学，加以详释者。但至今研究荀学之人，多未看到荀学之全体，往往述其一，而遗其二，本书乃将荀子所有学说，一一发扬，务使读者得窥全豹。

荀子之《正名》《解蔽》二篇，为最有价值之学说。但前者尚有人加以整理，而后者则自来无人注意，本书对此二篇，细加分析，并与西洋论理学、佛家唯识论做相互之比较，故堪为荀学上特别之发明。

本书除以王先谦之《荀子集解》，为解释字义之参考书外，于近人之著作，绝未采用只字，以符创立新说，不袭陈言之本旨。

本书各篇立名，均以荀子原名为准，有与今名意义相符合者，则以今名解释之，既可以保存荀子之真目，亦可以使读者一见了然。

本书承张孟劬先生逐篇先为校改，张先生素患胃病，精神甚弱，但校改此书，竟不辞劳倦，其鼓励学术之忱，于兹可见。复经蒋竹庄先生校改，均志于此以谢高谊。

一 绪论

　　从中国历史去研究，我们知道荀子是孔门一派的人物。不过从历史去认识荀子为孔门一派的人物，仅属形迹，因为历史上之所以认为荀子是孔门一派的人物，是由于荀子书中处处称道仲尼、子弓，说者以为子弓就是仲弓。仲弓为孔子弟子，见于《论语》，有这层关系，所以荀子被人认为是孔门一派的人物。至于其他更进一层的详细证明，还没有人提及，故历代虽尊敬孔子，而对于荀子却位于百家之列。并且孟子也是孔门一派的人物，讲到他的学问，固然不见得有什么远过荀子的地方，就拿两人和孔子的关系来说，孟子灵空，荀子笃实，要想研究孔子，更非从荀子着手不可，然而历代独尊孟而屈荀，岂不可怪！

　　我以为荀子所以为孔门一派的人物，不单因为他的渊源出于仲弓，实在还有他的学术上的重要原因。什么原因？就是荀子与孔子的学说，彼此有根本相同的地方。荀子的学说，处处接受孔子学说的指示，或者把孔子学说大加推广弘阐，使孔子学说，达到一个完整又稳固的地位。

孔子学说是怎样的，我在《孔子哲学研究》一书里已有详细的叙述，这里本当没有再叙述的必要；但为读者便利起见，愿在这里略述几点，以供参证。

孔子学说的根本观念，就是性纯可塑。说明白些，就是孔子认为人的性，没有什么善的，也没有什么恶的，仅如一张纯白的纸一般，在生时，没有染上丝毫颜色，到以后，受外界环境的刺激，却能染上任何色彩。所以人的性，好比一种朴素的原质，可以听从外界任何环境的塑染，而外界环境就好比一种模型，善的模型，塑出善的性；恶的环境，塑出恶的性。

孔子有了这个根本观念，于是对于政治方面，就根据这个观念，创立他的感化学说，认为政治的目的，只在改造环境，引导人民为善。对于人生方面，就根据这个观念，创立他的求仁学说，认为人生的目的，只在选择环境，追求尽善尽美的行为。对于教育方面，就根据这个观念，创立他的创造 学说，认为教育的目的，在变换环境，创造天才。以上是孔子学说的纲领。

孔子的学说，既如上所述，那么荀子的学说是怎样的呢？荀子学说也和孔子学说一般，建筑在一个根本观念上，这个

根本观念是什么？是"性恶可塑"，它和孔子的根本观念所
不同的，就是彼此性的质素不相同，孔子所说的性是纯的，
荀子所说的性是恶的，至于性的体态，彼此都认为是可塑染
的。所以荀子对于他自己所认定的恶性，也承认可以受外界
环境力量的支配，这和孔子正同出一辙。荀子在《性恶篇》说：

> 今使涂之人伏术为学，专心一志，思索孰察，加日县久，
> 积善而不息，则通于神明，参于天地矣。故圣人者，人之
> 所积而致矣。曰："圣可积而致，然而皆不可积，何也？"曰：
> 可以而不可使也。故小人可以为君子，而不肯为君子；君
> 子可以为小人，而不肯为小人。小人、君子者，未尝不可
> 以相为也，然而不相为者，可以而不可使也。故涂之人可
> 以为禹则然，涂之人能为禹，未必然也。虽不能为禹，无
> 害可以为禹。

荀子把性恶可塑的根本观念，做学说的基础，因此也和
孔子一般，对于政治教育各方面的学说，注重感化和改造等，
不过因为他认为性是恶的缘故，所以对于各种方法就有些添
补，现在分章叙述于后。

二 性论

"性"这样东西，虽然孔子认为它是一种纯素可塑的心理活动；但到底是全部的活动，或是一部分的活动呢？是单简的活动，或是复杂的活动呢？关于这些，孔子《论语》上并没有明白说出，到了荀子，他却有明确的规定。在荀子《性恶篇》当中，可以找出下列各点：

一、性的定义："凡性者，天之就也，不可学，不可事。""不可学、不可事而在人者谓之性，可学而能、可事而成之在人者谓之伪。是性、伪之分也。"

从上面的引证，我们知道荀子对于性所下的定义：是一种天所生成的心理的活动，这种活动和学得的活动完全是两样东西。

二、性的范围："今人之性，目可以见，耳可以听。夫可以见之明不离目。可以听之聪不离耳，目明而耳聪，不可学明矣。"

从上面的引证，我们知道荀子认为人的心理活动有两种：一种是单简的，一种是复杂的。单简的活动，如目可以见，耳可以听，这就是"性"。所以性的范围，只限于单简的心理活动。除了这些单简的活动以外，其余都是复杂的活动，这些复杂的活动，就是学得的行为，也就是"伪"。这种伪是从何而来的呢？是由联络单简的活动，或变化本来天性所致的。为什么本来天性可以变化呢？因为它是可以塑染的。所以本来的天性，也可以用后天环境的力量，变化或联络使它成为一种复杂的行为。因为这层关系，荀子乃认定人生的目的，就在把那不利于我们生存于社会当中的单简的心理活动，借环境的力量联络起来，或变化了去，使它成为一种复杂的行为，以利于我们的生存。换句话说，就是对于本来的天性，要借外界环境刺激它，鞭策它，使它经过一种交替反应，形成一种复杂的良善行为。所以他在《性恶篇》说：

> 故圣人化性而起伪，伪起而生礼义，礼义生而制法度，然则礼义法度者，是圣人之所生也。故圣人之所以同于众，其不异于众者，性也；所以异而过众者，伪也。
>
> 凡所贵尧、禹君子者，能化性，能起伪，伪起而生礼义。

人生的目的既在化性起伪，但起伪的要素是环境，因此荀子就主张选择好的环境。《性恶篇》说：

> 夫人虽有性质美而心辩知，必将求贤师而事之，择良友
> 而友之。得贤师而事之，则所闻者尧、舜、禹、汤之道也；
> 得良友而友之，则所见者忠、信、敬、让之行也。身日进于
> 仁义而不自知也者，靡使然也。今与不善人处，则所闻者欺、
> 诬、诈、伪也，所见者污漫、淫邪、贪利之行也，身且加于
> 刑戮而不自知者，靡使然也。

以上所叙述的是关于荀子论性普通方面的话，现在来叙述
荀子论性恶的话。

性的问题在儒家思想中是一种很重大的问题。但是从孔子
经过孟子再到荀子，三人中间，没有相同的主张。孔子认为性
是纯素的，孟子认为性是善的，荀子却认为性是恶的，所以他
在《性恶篇》中说：

> 人之性恶，其善者伪也。

荀子为什么主张性恶呢？因为荀子认定了我们不学而能
的本性，有好利、疾恶、耳目好声色之欲等活动的倾向，这些
活动的倾向，到底是恶的还是善的，荀子并没有下过断语。不
过顺着这种倾向前进，结果会生出一些争夺、残贼、淫乱的行为，

这些行为是恶的，因此可推知性是恶的。换句话说，对于天生的本性，到底是善是恶，我们起初不能凭空断定；但是就本性的好利、疾恶等活动的倾向所得的恶行去说，那么性一定是恶的。为什么呢？因为性是因，恶行是果，果由因生，果既是恶的，因当然是恶的，故由行恶可以推定性恶，这种推定，完全是应用因果律的。《性恶篇》说：

> 今人之性，生而有好利焉，顺是，故争夺生而辞让亡焉；生而有疾恶焉，顺是，故残贼生而忠信亡焉；生而有耳目之欲，有好声色焉，顺是，故淫乱生而礼义文理亡焉。然则从人之性，顺人之情，必出于争夺，合于犯分乱理而归于暴，故必将有师法之化，礼义之道，然后出于辞让，合于文理，而归于治。用此观之，然则人之性恶明矣，其善者伪也。

性既是恶的，那么有没有方法可以使性不恶呢？有的，这种方法可分两点：

第一点是矫正本性，使本性根本上由恶化为善。这种矫正本性的工具是什么？是师法与礼义等。《性恶篇》说：

> 故枸木必将待檃栝烝矫然后直，钝金必将待砻厉然后利。今人之性恶，必将待师法然后正，得礼义然后治。今人无师法则偏险而不正；无礼义则悖乱而不治。古者圣王以人之性

恶，以为偏险而不正，悖乱而不治，是以为之起礼义，制法度，以矫饰人之情性而正之，以扰化人之情性而导之也。始皆出于治，合于道者也。

礼义为什么可以矫正和扰化人的情性呢？因为礼义可以养导情性。《礼论篇》说：

> 孰知夫礼义文理之所以养情也……苟情说之为乐，若者必灭。故人一之于礼义，则两得之矣；一之于情性，则两丧之矣。

第二点是逆情性而顺礼义，就是不要顺着本性各种活动的倾向去做事，要倒转过来，向着礼义去做事，这样性虽恶，亦不能影响于人生。《性恶篇》说：

> 然而孝子之道，礼义之文理也。故顺情性则不辞让矣，辞让则悖于情性矣。

写到这个地方，我们不能不有一个怀疑，怀疑什么？怀疑那好利、疾恶等活动倾向，到底是受什么鼓动的？换句话说，就是那天生的本性，为什么有这些活动的倾向？难道是出于生命的必然吗？或是外界环境所引诱的吗？要想明了这几点，须明了荀子的欲论。现在来叙述荀子的欲论。

欲论　三

"将那闪电似的，奔流似的，蓦地，而且几乎是胡乱地突进不息的生命的力，看为人间生活的根本者，是许多近代思想家所一致的。"日人厨川白村氏在他的《苦闷的象征》里这样说。（见鲁迅所译的《苦闷的象征》）

把烈火似的，焚烧着的生命力，看为人间生活的根本者，在西洋只是近代的思想家所一致的；但在我国数千年前，荀子已彻底主张过了，并且很巧妙地想出了礼义，来助长这种生命力，使它合理地向外冲出。这种人间生活的根本者，西洋近代的思想家叫它作"生命力"；荀子叫它作"欲"。现在且把他们所说的生命力说明一番，然后再叙述荀子的欲论。

"用比喻来说：生命的力者，就像在机关车上的锅炉里，有着猛烈的爆发性、危险性、破坏性、突进性的蒸气力似的东西。"厨川白村氏这样解释生命力。

法国大哲柏格森氏也说生命力好比向上爆发的泉源，不可抑制的向上冲动，冲动，冲动，无止境地、自由地、盲目地冲地，向上冲动愈高，那么生命力也愈圆满，人有生命力向上冲动，所以和矿石的生命大不相同。

以上是厨柏两氏对于生命力的解释。真的，生命力是一种最富于自由性的力，它是永远地不愿意凝固和停滞，更不愿意妥协和降服，只一意地向前冲动，奔流，猛进。这种力给我们生命在前进的途中一种无限的勇敢与光荣。如果我们没有了它，我们的生命，不是趋于灭亡，便是暗淡无光；然而我们的生活果然是任听这种生命力，毫不妥协和降服，毫不顾忌与避免，只取一条单纯的道路，飞腾前进吗？我想社会环境太复杂，在复杂的社会环境当中，决没有一条无挂无碍的道路，任听我们去走的。因此我们为避免碰着不通的路起见，我们必先假定一种强制压抑的力量，去规范这种生命力。所以德哲尼采说，一个任听欲冲动而不加限制或调度的人，是一个懦夫；一个能够调欲的人，才是超人。但尼采虽是这样说，他并没有定出一种力量来调欲。至于荀子呢，他却在书中规定礼做这种强制压抑的力量。照普通情形来说，凡是一种强制压抑生命力的力量，都是和生命力处于矛盾的地位，变成一种重压生命力的力；惟有荀子这种礼，却是与生命力互相助长的。它不重压生命力，只调度与指引生命力。我们的生命力，如果有了这种力来调度与指引，那就不会溢出自己范围以外，而能保守彼此的分界，在这种情形之下，虽生命力如何猛进，如何自由，如何狂奔，如何冲动，决不至和社会复杂的环境相冲突，反能推进复杂的社会。换句话说，我们的生命力，如果受了礼的调度，而在分界以内活动，那么决不会和社会环境发生冲突，如果没有礼的调度，那必定会发生冲突的。关于生命力的话，已叙述过了。现在来叙述荀子论欲的话：

荀子认为欲是一种天赋予人的生命力，所谓天赋，就是先天遗传下来的或者是生物所应有的现象的意思。所以他说：

人生而有欲。(《礼论篇》)

又说：

欲不待可得，所受乎天地。(《正名篇》)

欲既是天所赋予的，自然不能轻易把它去掉，同时因为它是一种生命力，充满了一种向上的冲动性，自然也不容易满足。所以荀子说：

故虽为守门，欲不可去，性之具也。虽为天子，欲不可尽。(同上)

欲既不能去，又不容易满足，为求满足起见，自然要向外追求，所以荀子又说：

> 人生而有欲，欲而不得，则不能无求。(《礼论篇》)

站在欲的本身来说，它既是生命的力，可以光大我们的生命的，那么我们自然要让它无限地向外追求；但因它向外追求，要鼓动许多不良的心理活动的倾向，因而形成性是恶的。那么我们为救济流弊起见，不能不给欲一种裁制，司裁制命令的就是心，也就是理性。荀子说：

> 求者从所可，受乎心也。(《正名篇》)
> 故治乱在于心之所可。(同上)

心既是欲的主宰，司裁制的命令的，那么如何裁制呢？是把欲引向合理方面流动。荀子说：

> 故欲过之而动不及，心止之也。心之所可中理，则欲虽多，奚伤于治！欲不及而动过之，心使之也。心之所可失理，则欲虽寡，奚止于乱！(《正名篇》)

对欲只问中理与否，而不问多寡，这和孟子主张寡欲大不相同。

但中理是一种目标，并不就是一种力量，使欲能达到这种目标，另外还须一种力量，这种力量，就是前面所说的礼；但礼为什么有这种功能呢？在前面没有详细说明，这儿应当加以叙述，《礼论篇》有段话，先把它引在后面：

> 礼起于何也？曰：人生而有欲，欲而不得，则不能无求；求而无度量分界，则不能不争；争则乱，乱则穷。先王恶其乱也，故制礼义以分之，以养人之欲，给人之求，使欲必不穷乎物，物必不屈于欲，两者相持而长，是礼之所起也。故礼者，养也。

照上面这段话去讲，我们知道礼所以能调度人欲，因为礼能分物而养欲。分物就是把我们所追求的对象物，划定一个界限。例如划定甲物属于甲，乙物属于乙。养欲是界限划定以后，使各个人在自己界限内尽量思欲，而不越出自己界限以外。各个人的欲，都能够受礼这般的调度，那么人与人之间，就没有什么争了，既没有什么争，还有什么乱呢？既不会乱，也就不会穷了。例如一家的财产，依礼说，凡属兄弟，都有一份，如果各人能依礼拿自己应得的一份则已，那么兄弟还会相争吗？如果各人除了拿自己的一份以外，还想再得其余兄弟的一份，这样自然免不了相争。所以荀子教人礼让，是教人遇欲冲动的时候，只要拿自己的一份，既不要争夺他人的，也不要将自己的一份让给他人，作无谓的假仁假义；而抑止天所赋予我们的欲。后来的人，没有明白这一点，以为荀子说礼让就是要人牺牲自己的一份送给别人。如果礼让真是这样解的，礼与生命力就完全相冲突，而不能助长生命力了，那么两者还能相持而长吗？

荀子除了主张用礼调度人的欲以外，还倡用"乐"导欲。乐与礼的功用不同，用礼调度欲，是从理智方面，使欲受一种规律的裁制。用乐导欲，是从感情方面，使欲受一种情感的诱化。所以礼对于欲是在欲动以后，引欲向合理方面走。乐对于欲是在欲未动以前，养成欲一种合理的性格，故把两者合并起来说，那么礼是治标的，乐是治本的，就救济目前说，当然礼为重要；但就根本上说，还是乐重要，因为人的欲，如果已经养成合理的性格，那么每一动欲，必定自然而然地合乎文理，用不着再经过礼的裁制。例如，法律本是裁制人的恶行的。但有人能养成一种守法性格，那么他一举一动自然而然不触犯法律，所以荀子在《乐论篇》说：

> 夫乐者，乐也，人情之所必不免也，故人不能无乐。乐则必发于声音，形于动静，而人之道，声音、动静、性术之变尽是矣……形而不为道，则不能无乱，先王恶其乱也，故制《雅》《颂》之声以道之，使其声足以乐而不流，使其文足以辨而不思，使其曲直、繁省、廉肉、节奏足以感动人之

善心，使夫邪污之气无由得接焉。是先王立乐之方也。

欲的意义既弄明白了，那么对于以前所未解决的问题，就可以从此解决了。欲是一种生命力，它好比蒸汽机内的热力，在我们内心冲动，当它冲动时，我们人的心理，如同机器一般渐渐转动，欲冲动的愈凶猛，我们的心理就转动愈厉害。所以初生的小孩，心理活动范围小，就因为欲的冲动太微弱了，由小孩渐次成人后，他的欲的冲动加强，不断地猛烈地冲动着，于是心理活动的范围也扩大了，因此一个人为了要满足他的欲望，宁肯终日而不息，至死而不惧。所以我们可以断言：假如一个人没有了欲在内心冲动，他的躯体，不过如一架新造而未发动的机器一般，绝对不会转动，如果有了欲的冲动，我们就可以一动而不止。欲既是一切心理活动的主使者，那么，本性的一种好利疾恶、耳目、好声色之欲等活动的倾向，都由于欲的冲动所致就明白了。这些活动的倾向，既由于欲的冲动所致，那么性之为恶，也可以说是由于欲所鼓动的，到现在，我们就可以晓得荀子的"性恶论"是建筑在"欲论"上面的；"性恶论"既是建筑在"欲论"上的，那么欲可以受一种强制压抑的力调度，使在轨道上走，性自然也可以受一种压抑，使在轨道上走。性是恶的，既能使在轨道上走了，那么性是可塑的也就明白了，所以荀子乃倡"性恶可塑论"，做他的其余学说的基本观念。

天论

四

"天"这样东西,自上古的人民,一直到周秦诸子,虽然也有些把他看作一件在自然中有形体的物体,例如《诗经》说:"彼苍者天。"这不过是少数。大多数还是把天看作一种有人格,有志意的,最大的东西。他可以摄万理,亦可以主宰万物。所以《说文》将天字解作:"颠,至高无上,从一大。"《书经·皋陶谟》说:"天叙有典,敕我五典五惇哉;天秩有体,自我五礼有庸哉;天命有德,五服五章哉;天讨有罪,五刑五用哉。"《甘誓》:"有扈氏,威侮五行,怠弃三正,天用剿绝其命,今予惟恭行天之罚。"《汤誓》:"夏氏有罪,予畏上帝,不敢不正。"《诗经》:"皇矣上帝,临下有赫。监观四方,求民之莫。""昊天不庸,降此鞠讻。昊天不惠,降此大戾。"

这种以天为主宰的思想,既充占了古时人民的脑海,古时的人民,于是将一切的一切,均付之于天,成者以为是天之所助，败者以为是天之所废。这种思想，照思想发展的历程去说，亦是应有的现象，但学术是一天一天进化的，假如在这种思想严森森的束缚当中，有人出来推翻这种思想，而将一切的一切，均付于人事，认为人定可以胜天，这不单使我们的旧观念发生一个大变动，就是我们的生活也必定因此转变一种新的趋熟；但是中国的学术界里有没有这种人呢？有的，谁呢？荀子，他是看重人事的，他对于天，和孔子一样，认为是自然中一种应有的现象。所以孔子说："天何言哉？四时行焉，百物生焉。"荀子也说："不为而成，不求而得，夫是之谓天职。"不过孔子只说到"天何言哉？四时行焉，百物生焉"而止。荀子却更进一步地说明天不能主宰人，并且人还可以倒转来征服天。这实在是一种很合科学的思想，现在逐条分述于后：

荀子轻天重人观念的来源。

荀子这种轻天的观念，是从他的欲论来的。过去的人，都承认天是主使人的，再进则又有"善言天者，必验于人"的一种思想，所以重天。现在荀子既主张人的一切活动是由自己的生命力，欲所主使的，那么这明显是把天的观念，从人的观念中分出，自求独立。人既是自己独立的，那么自己的一切，只有自己的生命力，可以主使，天则无从操纵了，天既不能操纵我们，我们就用不着妄求天道，只重人事够了，这就是荀子所以轻天的意义。

荀子眼中所看的天，不过是一种自然现象，并无多大力量；

只有人的生命力，是广大无边的。例如人的性欲，可以使它成恶，也可以使它从恶变化为善；但性与天同为人的一种观念，人的欲既可以操纵性，当然亦可以操纵天。荀子因此又在轻天的思想上，创立一种征服天的思想。他这种思想，真可以说是在中国古代崇拜天道的思想中，别开生面的，就在儒门中，也算最新颖的了。在他的《天论篇》中，我们可以得到下列的观念。

第一是把过去统治在天之下的人，从天的范围中划分出来，使天为天，人为人，二者独立无关，人自为善，天不能加福，人自为恶，天也不能加祸。人的灾祸，非天所降，是人自取的；人之德福，非天所赐，是人自求的。所以天不能主使人，而人因为有最坚强的生命力，果能错置得当，反可以征服天。所以他在《天论篇》说：

> 天行有常，不为尧存，不为桀亡。应之以治则吉，应之以乱则凶。强本而节用，则天不能贫，养备而动时，则天不能病；修道而不贰，则天不能祸。故水旱不能使之饥渴，寒暑不能使之疾，祆怪不能使之凶。本荒而用侈，则天不能使之富；养略而动罕，则天不能使之全；倍道而妄行，则天不能使之吉，故水旱未至而饥，寒暑未薄而疾，祆怪未至而凶。受时与治世同，而殃祸与治世异，不可以怨天，其道然也。故明于天人之分，则可谓至人矣。

这段话可以证明荀子把天人分开各自独立。

第二是规定天的职责，以明主宰人类，并非天分内的事。《天论篇》：

> 不为而成，不求而得，夫是之谓天职。

第三是规定人的职责。《天论篇》：

> 天有其时，地有其财，人有其治，夫是之谓能参。

第四是要人不与天争职。因为人与天既彼此分开，并且天有天的职责，人有人的职责，那么，人应当把天职与人职看个明白，尽自己的职，不要与天争职；但是要做到哪步田地，才算是不与天争职呢？是要不措意测度天道，因为天道虽然深远，于人事之理，却毫无补益的。所以我们用不着去测度他，只做人事够了；更不可舍去人事，而测度天理，若无故的要去测度天理，便算是弃人职而夺天职了，那是不对的。《天论篇》：

> 如是者，虽深，其人不加虑焉；虽大，不加能焉；虽精，不加察焉：夫是之谓不与天争职……舍其所以参而愿其所参，则惑矣。

第五是积极地修人事。因为能修人事,那么就可以任天地,而役万物。《天论篇》:

> 唯圣人为不求知天。
>
> 圣人清其天君,正其天官,备其天养,顺其天政,养其天情,以全其天功,如是,则知其所为,知其所不为矣,则天地官而万物役矣。

第六就是征天。《天论篇》:

> 大天而思之,孰与物畜而制之?从天而颂之,孰与制天命而用之?望时而待之,孰与应时而使之?因物而多之,孰与骋能而化之?思物而物之,孰与理物而勿失之也?愿与物之所以生,孰与有物之所以成?故错人而思天,则失万物之情。

荀子有了这六个观念,于是得出一个轻天的总观念。有了这个总观念,不单认为天不能主宰我们人的行动,就是那星队木鸣的天的变象,也没有什么可畏。而最可使人畏的,只是人妖。所以《天论篇》初说:

> 治乱天邪?曰:日月、星辰、《瑞历》,是禹、桀之所同也。禹以治,桀以乱,治乱非天也。时邪?曰:繁启蕃长于

春夏，畜积收藏于秋冬，是又禹、桀之所同也，禹以治，桀以乱，治乱非时也。地邪？曰：得地则生，失地则死，是又禹、桀之所同也，禹以治，桀以乱，治乱非地也。《诗》曰："天作高山，大王荒之，彼作矣，文王康之。"此之谓也。

又说：

　　星队、木鸣，国人皆恐。曰：是何也？曰：无何也，是天地之变，阴阳之化，物之罕至者也。怪之可也，而畏之非也。夫日月之有蚀，风雨之不时，怪星之党见，是无世而不常有之。上明而政平，则是虽并世起，无伤也；上暗而政险，则是虽无一至者，无益也。夫星之队，木之鸣，是天地之变，阴阳之化，物之罕至者也。怪之可也，而畏之非也。物之已至者，人祅则可畏也。

轻天重人的观念，既在荀子思想中占据了一个位置，于是他对于其余的学说，都注重修人事，不像儒家其余诸子一般，喜欢高谈天道。在下列各篇中，都可以看到他注重修人事的精神。

礼 五
论

　　荀子所说的礼的意义，已在《欲论》里稍稍说过一些，现在再把他论礼的整个的意义来叙述一番：

　　一、礼的起源：孔子只说过礼的用处，并没有说过礼的起源，孟子说礼由天赋予人，是人所固有的，所以他说：

　　　　仁、义、礼、智，非由外铄我也，我固有之也。

　　荀子却认为礼非人所固有，乃由于圣人所创作的，所以他在《性恶篇》说：

　　　　故圣人化性而起伪，伪起而生礼义，礼义生而制法度。然则礼义法度者，是圣人之所生也。

故古者圣人以人之性恶，以为偏险而不正，悖乱而不治……是以为之起礼义。

二、起礼的意义：所谓起礼的意义，就是说起礼的目的是什么。荀子认为起礼的目的有三：一是养化人的情性，二是调节人的欲求，三是分别人的地位。《性恶篇》说：

是以为之起礼义，制法度，以矫饰人之情性而正之，以扰化人之情性而导之也；始皆出于治，合于道也。

《礼论篇》又说：

熟知夫礼义文理之所以养情也！

这是说礼养化人的情性。《礼论篇》说：

礼起于何也？曰：人生而有欲，欲而不得，则不能无求；求而无度量分界，则不能不争；争则乱，乱则穷。先王恶其乱也，故制礼义以分之，以养人之欲，给人之求，使欲必不穷乎物，物必不屈于欲，两者相持而长，是礼之所起也。故礼者，养也。

这是说礼调节人的欲求。《荣辱篇》说：

> 夫贵为天子，富有天下，是人情之所同欲也。然则从人
> 之欲则执不能容，物之能赡也。故先王案为之制礼义以分之，
> 使有贵贱之等，长幼之差，知、愚、能、不能之分。

这是说礼分别人的地位。

以上是起礼的三个意义。这三个意义，看起来好像是独立的，其实还是一贯的。因为有了分，那么欲恶的目标，就不会聚集在相同的东西上面。欲恶既不会聚集在相同的东西上面，那么人的欲求就可说是得到一种调节了，人的欲求既得调节，那么人的情性也必由恶变化成善。因为情性之所以恶，由于从欲而生，欲得到调制，情性就自然善了。所以这三种虽可以分开说，而意义实在是一贯的。

三、制礼的原则：所谓原则是什么？就是一种根据点，所谓制礼的原则，就是制礼的根据点。譬如：礼有祭礼，但所以有祭，以及祭又各有不同，都有所根据的；那被根据的东西，就是原则。例如制定一国宪法，有宪法的原则，那宪法的原则，就是宪法所根据而制起的东西。这种原则，荀子自己叫他作本，制礼的原则，就是礼的本圣人制礼是根据这种原则的，如果违背了这种原则，那么所制出的礼，是无意义且不能推用之于社会的，据荀子的意见，礼有三本。《礼论篇》说：

礼有三本。

哪三本呢？一曰天地；二曰先祖；三曰君师。

为什么要拿这三样东西做制礼的原则呢？因为天地是生万物的，所以应拿天做制礼的第一个原则。先祖是出人类的，所以应拿先祖做制礼的第二个原则。君师是治理国家，教化人民的，所以应拿君师做制礼的第三个原则。荀子说：

天地者，生之本也；先祖者，类之本也；君师者，治之本也。无天地恶生？无先祖恶出？无君师恶治？（《礼论篇》）

既把这三点定为制礼的原则，那么制礼时对于这三者就不可违背其一，所以他说：

三者偏亡焉，无安人。（同上）

礼既是由这三个原则所制成的，那么要守礼自然要事天地，尊先祖，隆君师。所以荀子又说：

故礼上事天，下事地，尊先祖而隆君师，是礼之三本也。（同上）

我们现在来拿古代的六礼，用这三个原则去检讨一下，看看是否会和这三个原则相冲突。所谓六礼，就是冠、昏、丧、祭、乡、相见六种礼。我们一读到这六种礼的名词，就知道这六种礼的成形，是根据上面三个原则的。因为六种礼的对象，不外对天地，对先祖，对君师，例如祭礼，种类虽多，有祭天地、山川、祖宗等，然而总在天地和先祖的范围以内，没有出了这个范围以外。丧礼也在先祖范围以内。乡、相见，在君师范围以内。冠在天地、君师范围以内。昏在先祖、天地以内：从这样检讨的结果，六礼实在没有一种会和上面三个原则相冲突的。

四、礼以情为主：所谓礼以情为主，就是说礼虽然也重文，然而徒有文没有情，那么也是失掉礼的真义的。所以大凡一种礼都要包含充分的感情，如果有充分的感情，那么虽不文也不失其为礼。所以荀子说：

> 凡礼，始乎棁，成乎文，终乎悦校。故至备，情文俱尽；其次，情文代胜；其下，复情以归大一也。（《礼论篇》）

上段是说至备的礼，是情文俱尽的，次一层的礼，是情文参半的，再次一层的礼，是有情无文的。有情而无文的，还可以说是礼。如果徒有其文，那就不能算是礼了，这段话是重在礼以情为主。

五、礼的效力：下面的话就是荀子说明礼的效力的：

天地以合，日月以明，四时以序，星辰以行，江河以流，万物以昌，好恶以节，喜怒以当，以为下则顺，以为上则明，万物变而不乱，贰之则丧也。礼岂不至矣哉！（《礼论篇》）

立隆以为极，而天下莫之能损益也。本末相顺，终始相应，至文以有别，至察以有说。天下从之者治，不从者乱；从之者安，不从者危；从之者存，不从者亡。小人不能测也。礼之理诚深矣！"坚白""异同"之察入焉而溺；其理诚大矣，擅作典制辟陋之说入焉而丧；其理诚高矣，暴慢、恣睢、轻俗以为高之属入焉而队。故绳墨诚陈矣，则不可欺以曲直；衡诚县矣，则不可欺以轻重；规矩诚设矣，则不可欺以方圆；君子审于礼，则不可欺以诈伪。故绳者，直之至；衡者，平之至；规矩者，方圆之至；礼者，人道之极也。然而不法礼，不足礼，谓之无方之民；法礼足礼，谓之有方之士。（同上）

六、礼的用处：所谓礼的用处，就是说礼可以用到什么地方。儒家的礼的用处，比法家法的用处广大多了。法家的法的用处，只能用来治国，而不能用来修身。至于礼，不单可以治国，还可以修身，理事。所以荀子在《修身篇》说：

故人无礼则不生；事无礼则不成，国家无礼则不宁。《诗》曰："礼仪卒度，笑语卒获。"此之谓也。

七、礼的限度：所谓礼的限度，就是用礼应有一定的界限，不可太过，也不可不及。过去的人，对于用礼的限度，并没有认清是在那一点。因此，太过不及的弊病丛生，所以为救济这种弊病起见，特地把荀子所说的礼的限度指明出来。荀子所说的礼的限度是那点？是在使物与欲能相持而长，不是使物与欲相冲突，这是什么意思呢？就是用礼把物——欲的对象——分开，使我们欲动时，依照着礼所分定的物去取，不可不取，也不可多取。这就叫作使欲物相持而长。如果不取，或者多取，那就是使物欲相冲突，而互相残害了。所以一个人要争夺他人的财物，固是越礼；若把自己应得的物，让给他人，也是越礼，二者都是不恰在礼的界限上面的，至于证明这点的话，在欲论当中，已引述过了，这里只有从略。

提倡用礼，本来不是从荀子起的，先王的时代，礼已经有了。但主张隆礼，以及说明的意义是分物养欲等，那是从荀子起的。所以礼的意义到荀子的手上方才显明起来；但是后来的儒者，因为只讲礼，而不讲荀子的学说，所以荀学否晦了数千年，礼的意义也暗晦了数千年。此后或有昌明的一日了。

乐　六　论

在《欲论》里，也曾提起过乐这样东西；但那只说乐对于欲的功用，并没有把乐的本身的意义，以及荀子提倡乐的原因等，全部叙述出来，所以现在也要和研究礼一般，专篇来讨论。现在先说荀子提倡乐的原因。计荀子提倡乐的原因有三种：

一、反对墨子非乐。他在《富国篇》说：

> 我以墨子之非乐也。则使天下乱。

《乐论篇》说：

> 而墨子非之，奈何！
> 而墨子非之，故曰：墨子之于道也，犹瞽之于黑白也；犹聋之于清浊也；犹欲楚而北求之也。

二、因为礼与乐虽同为一种制欲的工具；但是彼此的功用完全不同，这话已在《欲论》里说过。如果专门拿礼去节制人的欲，那么一个人就容易走入一种干燥无味的境界。荀子看明白了这点，所以主张除了用礼节制人的欲以外，还提倡用音乐导欲，使人的生活，永远鲜润而不会枯燥，他在《乐论篇》说：

> 故乐在宗庙之中，君臣上下同听之，则莫不和敬；闺门之内，父子兄弟同听之，则莫不和亲；乡里族长之中，长少同听之，则莫不和顺。

三、乐是人情所不免的。所谓人情所不免的，凡是说乐是人的欲所追求的东西，所以要制乐以满足人的欲的追求。荀子说：

> 夫乐者，乐也。人情之所必不免也。

乐的功用：

一、导乐：导乐就是调欲。他说：

> 故乐者，所以道乐也。
>
> 故人不能不乐，乐则不能无形，形而不为道，则不能无乱。先王恶其乱也，故制《雅》《颂》之声以道之。

二、调情：调情就是养性。他说：

　　夫民有好恶之情，而无喜怒之应，则乱；先王恶其乱也，故修其行，正其乐，而天下顺焉。

三、善民心：荀子说：

　　墨子曰："乐者，圣王之所非也，而儒者为之，过也。"君子以为不然。乐者，圣人之所乐也，而可以善民心。

　　这三种功用，也是和礼的功用一般，是一贯而不是独立的。因为乐得其正，那么情自然调了，情调了，心也自然善了。

　　制乐的法则。制乐的法则有三：

　　一、"审一以定和者也"。

　　二、"比物以饰节者也"。

　　三、"合奏以成文者也"。（以上均《乐论篇》）

　　中国有乐，并不自荀子起。尧、舜、禹、汤、文武、周公、孔子等人物，都是把乐和礼并重的。不过把乐认为是调欲的基本工具，确是荀子的创见；况且自孔子而后，有墨子出来反对乐，乐的势力，几乎被打倒，幸喜荀子出来，力挽狂澜，使中国古代文化的精髓，能永远留在人间，这未尝不是荀子的功劳！

七 劝学

荀子的《劝学篇》，是他谈论教育的文章。荀子的教育思想，和孔子的教育思想，有大部分相同。拿《劝学篇》中许多文句，和《论语》中记载孔子论教育的文句相比较；我们可以看到彼此有许多是意义相同的。不过孔子言赅意简，荀子却较为详明。现在把荀子教育思想分条叙述于后：

第一，教育的力量。

孔子所说的教育的力量是创造的。所谓创造的，就是说教育可以做成怎样的一个人。我们所以能知道这点，当然是由于他的纯性可塑的根本观念而来的。至于荀子所说的教育的力量，却是改造的。所谓改造，就是说教育可以改变恶性而化为善性。我们所以能知道这点，也是由他的性恶可塑的根本观念来的。创造与改造不同的地方，前者是把未形成的东西，做出一种东西；后者是把已形成的东西，改变原来的形质，另外成一样东西。因为孔子是主张纯性可塑的，所以在孔子理想中初生的人，是一个未形成的东西。现在要教他，使他成一种人材，那么教育所表现的力量，自然是创造的。至于荀子，因为他认定人的性是恶的，当然在他的理想中初生的人，是一个已形成了一样东西的人。不过这样东西，虽然已经形成了，但仍旧可以塑染的。所以用一种教育把那原来已形成的不好的东西，改变形质，这样，教育所表现的力量，自然是改造的力量，所以荀子在《劝学篇》里说：

> 干、越、夷、貉之子，生而同声，长而异俗，教使之然也。

《性恶篇》又说：

> 古者圣王以人之性恶，以为偏险而不正，悖乱而不治，是以为之起礼义，制法度，以矫饰人之情性而正之，以扰化人之情性而导之也。

第二，环境说。

荀子既确定性恶可塑的观念，但什么是能塑的东西？孔子认为环境是能塑的，性是所塑的，难道也是同一样的吗？是的，他主张环境是能塑性的东西。他在《性恶篇》说：

　　夫人虽有性质美而心辩知，必将求贤师而事之，择良友而友之。得贤师而事之，则所闻者尧、舜、禹、汤之道也；得良友而友之，则所见者忠、信、敬、让之行也。身日进于仁义而不自知也者，靡使然也。今与不善人处，则所闻者欺、诈、伪也，所见者污漫、淫邪、贪利之行也。身且加于刑戮而不自知者，靡使然也。

环境既是能塑性的东西，那么对于教育的关系的重要，可以想见一班了。因此荀子对于环境极端重视，并且主张选择善的环境去居住。他认为：如果环境是善的话，那么我们置身其中，日浸月染，我们的性，也必成为善的。所以在善的环境中过生活的人，他的本来的恶性，必定可以变成善的；在恶的环境中过生活的人，他的本来的恶性，永远不会改变。荀子在《劝学篇》说：

　　西方有木焉，名曰射干，茎长四寸，生于高山之上而临百仞之渊，木茎非能长也，所立者然也。蓬生麻中，不扶而直。兰槐之根是为芷，其渐之滫，君子不近，庶人不服，其质非不美也，所渐者然也。故君子居必择乡，游必就士，所以防邪而近中正也。

第三，教育的目的。

荀子认为教育的目的，在于化除人的恶性，使他成为一个人格完全的人。《劝学篇》说：

> 学恶乎始？恶乎终？曰：……其义则始乎为士，终乎为
> 圣人。

所谓义就是目的，杨倞解作意，是错的。所谓士，是指那人格不健全的人说的。圣人是指那人格完全的人说的！我们一读荀子书中的各种圣人的界说！就可以知道荀子所说的圣人，是一种至善至美的完人，所以拿他做教育的目标。而说："终乎为圣人。"

第四，求学的方法。

荀子所主张的求学的方法有四种：一、实验法；二、观察法；三、专一法；四、有恒法。前两种极重要，和近世的科学方法完全相同，可惜都不为后人所注意，一般整理荀学的人都很少提及。《劝学篇》说：

> 君子博学，而日参省乎己。

这就是说求学要用这两种方法。但杨倞注荀子把"参"字解作三，以为和曾子所说的"吾日三省吾身"的"三"字意义相同。我以为所谓参就是参验的意思。省就是省察的意思。参验就是实验。如今日研究化学一般，既知水是由氢氧二气所成

的，于是走进实验室去，用分析或综合法做一个试验，求一种精确的知识。所谓省察，就是用从前的经验，去观察宇宙间一切现象。外证之于物，内籀之于心，再从一切的现象当中，求出一个真理。《大略篇》说过：

是非疑，则度之以远事，验之以近物，参之以平心……

所谓"博学而日参省乎己"，就是教人把每日从书本子得来的知识，要亲身参验省察过，不可以为学了就算，如果学了就算，是不能进步的。这种话，和论语所载的，"回也退而省其私"的意思相同。

三、专一法。所谓专一，就是无论读书或是做事，都要专一，不可一心二用，或者时而此，时而彼。如果能够专一，那么所做的事，才会成功，如果不专一，那么就没有事可以成功了。《解蔽篇》说：

故好书者众矣，而仓颉独传者，壹也；好稼者众矣，而后稷独传者，壹也；好乐者众矣，而夔独传者，壹也；好义者众矣，而舜独传者，壹也。倕作弓，浮游作矢，而羿精于射；奚仲作车，乘杜作乘马，而造父精于御。自古及今，未尝有两而能精者也。

锲而舍之，朽木不折；锲而不舍，金石可镂。螾无爪牙之利，筋骨之强，上食埃土，下饮黄泉，用心一也。蟹六跪而二螯，非蛇蟺之穴无可寄托者，用心躁也。是故无冥冥之志者，无昭昭之明；无惛惛之事者，无赫赫之功。行衢道者不至，事两君者不容。目不能两视而明，耳不能两听而聪。螣蛇无足而飞，梧鼠五技而穷。《诗》曰："尸鸠在桑，其子七兮。淑人君子，其仪一兮。其仪一兮，心如结兮。"故君子结于一也。（《劝学篇》）

四、有恒法。所谓有恒，就是读书做事，都不可时断时续，应当和孔子所说："学而时习之。"如果能够"学而时习之"，那么，我们自己的聪明才力虽然远不及人，但是我们的事业与学问，还有成就的一日。不然，虽聪明过人，终归是一事难成的。所以荀子在《修身篇》说：

夫骥一日而千里，驽马十驾则亦及之矣。

故蹞步而不休，跛鳖千里；累土而不辍，丘山崇成。厌其源，开其渎，江河可竭；一进一退，一左一右，六骥不致。彼人之才性之相县也，岂若跛鳖之与六骥足哉？然而跛鳖致之，六骥不致，是无他故焉，或为之，或不为尔。

道虽迩，不行不至；事虽小，不为不成。其为人也多暇日者，其出入不远矣。

第五，教学方法。

荀子的教学方法，和孔子相同，也是用一种因材施教的方法的。所谓因材施教，并不是说看学生的学问程度如何，是看学生的人格修养如何。《劝学篇》：

> 问楛者，勿告也；告楛者，勿问也；说楛者，勿听也；有争气者，勿与辩也。故必由其道至，然后接之；非其道则避之。故礼恭而后可与言道之方，辞顺而后可与言道之理，色从而后可与言道之致。故未可与言而言谓之傲，可与言而不言谓之隐，不观气色而言谓之瞽。故君子不傲，不隐，不瞽，谨慎其身。

第六，学科。

荀子所提出的教人的科目，和孔子所提出的不大相同。孔子教人所用的科目是礼、乐、射、御、书、数，六艺，再加上文、行、忠、信，四教。荀子所用的是《诗》《书》《乐》《礼》《春秋》，五经。《劝学篇》里说：

> 《礼》之敬文也，《乐》之中和也，《诗》《书》之博也，《春秋》之微也，在天地之间者毕矣。

在这五经当中，他又特别注意《礼》。《劝学篇》说：

学恶乎始？恶乎终？曰：其数则始乎诵经，终乎读礼。

不道礼宪，以《诗》《书》为之，譬之犹以指测河也；以戈春黍也，以锥飡壶也，不可以得之矣。故隆礼，虽未明，法士也；不隆礼，虽察辩，散儒也。

此外，他还在实施教育的时候，定出了几种普通的科目。这几种科目是什么？是六礼，十教。《大略篇》说：

立大学，修庠序，修六礼，明十教，所以道之也。

所谓六礼，就是冠、昏、丧、祭、乡、相见六种礼。所谓十教，是七教的错误。七教是父、子、兄、弟、夫妇、君臣、长幼、朋友、宾客七教。这种科目，是一种实用科目，在当时的儒家眼中，认为是日常生活所不可缺少的。

第七，教师。

孔子对于教师的主张，我曾在《孔子教育哲学》中说过，他是主张不固定教师的人，只要那人有学问，有人格，我们就可以拜他为师；纵使那人是我们的朋友，我们也可以请他教导的。所以孔子说："三人行，必有我师焉。"荀子对于这个问题，亦有同样的主张。他在《性恶篇》说：

夫人虽有性质美而心辩知，必将求贤师而事之，择良友而友之。

不过荀子虽对于教师不主张专一，只主张择善；但他却主张对那已经做了我们教师的人，我们应当极端地尊敬他。因此，他的教育思想里，又多出一个尊师的概念。

第八，尊师。

他尊师的原因，在于他有了一个法后王的观念在脑中，所以他对于五经虽列为学科，然而还认为五经是先王的陈法，文义隐约，不能够直接启示我们，我们要想得到好的学问，非有贤师良友亲自感化我们不可。他说：

学莫便乎近其人。《礼》《乐》法而不说，《诗》《书》故而不切，《春秋》约而不速。方其人之习君子之说，则尊以偏矣，周于世矣。故曰学莫便乎近其人。学之经莫速乎好其人，隆礼次之，上不能好其人，下不能隆礼，安特将学杂识志，顺《诗》《书》而已耳，则末世穷年，不免为陋儒而已。（《劝学篇》）

故有师法者，人之大宝也；无师法者，人之大殃也。人无师法则隆性矣，有师法则隆积矣。（《儒效篇》）

第九，师的修养。

前面已说过荀子对于教师的选择，是以行为的善恶，人格的高下为标准的。如果是善的，我们就师事他，并且尊敬他。但这不过是些关于学生对于教师应有的认识与行动。至于在教师方面，他认为做教师的人，不单要学问广博，还要有人格的修养。如果没有人格的修养，是不能做人家的教师的。《致士篇》说：

> 师术有四，而博习不与焉：尊严而惮，可以为师；耆艾而信，可以为师；诵说而不陵不犯，可以为师；知微而论，可以为师。故师术有四，而博习不与焉。水深而回，树落则粪本，弟子通利则思师。

这是说教师要有人格的修养。《宥坐篇》说：

> 孔子曰："如垤而进，吾与之；如丘而止，吾已矣。"今学曾未如肬赘，则具然欲为人师。

这是他引孔子的话，表示他反对那没有人格修养，擅自做人家教师的人的话。

荀子的教育思想，已经在前面说过和孔子的教育思想有大部分相同的。然而孔子教育思想，我也曾经说过和现在的行为主义派的教育思想有相同的地方，那么，用几何学的定理来说，荀子教育思想也可以说是和行为主义派的教育思想相同了。实在的，荀子的教育思想，不单可以说和行为主义派的教育思想相同，并且拿孔荀两人的教育思想比较一下，荀子的教育思想还更切近于行为主义派的思想，因为孔子的话，不露锋芒，所以他说性可塑，只说："性相近也，习相远也。"言微义大，我们很难明了。至于荀子说话，就比较显明，我们容易明白他的意思。例如他说：

> 干、越、夷、貉之子，生而同声，长而异俗，教使之然也。

这完全和行为主义派的人同一口吻。荀子这种教育思想，如果把他所主用的科目变更一些，那么就把他用到现在的社会，也不见得会和今日的新教育思潮有什么冲突。为什么呢？因为这种教育思想，是拿心理学做基础的。并且处处在人的身上用功夫，而不在人的身外，什么天道用功夫，所以比那空言无补的教育思想，自然要高明多了！

八 修身

　　荀子的《修身篇》与《不苟篇》，是他谈论人生的文章。从"修身"与"不苟"这两个名词来说，我们已经知道荀子所主张的人生观，是求完全人格的实现的。因为"修身"就是锻炼人格，"不苟"就是端正行为，都是求完全人格实现的功夫。不过荀子求完全人格实现的总方法是隆礼，和孟子求完全人格实现的总方法是扩充仁义不同。隆礼是外制的，扩充仁义是内裁的。所以我们在研究荀子修身论以前，要把这个观念记着。

　　荀子认为修身第一个方法是求善去恶，或好善恶恶。换句话说，荀子认为修身第一的要务，是在为善。因为善和恶如同两种门一般，入了善门就可以说已经踏上了完全人格实现的道路；入了恶门，就可以说已经踏上了完全人格破坏的道路，所以入善门是完全人格实现的开始。到了至善，那就是完全人格已经全部实现了。所以《修身篇》开宗明义第一句说：

见善，修然必以自存也；见不善，愀然必以自省也。善在身，介然必以自好也；不善在身，菑然必以自恶也。

既入了善的门，向至善而去，那么，由善到至善的过程中，我们应当做些什么事呢？应当守礼，所以守礼，是人生唯一的大事。因为"礼"是一种规律，亦是一种制裁力。圣人制之以化性调欲的。因为人在向前进行的过程中，免不了的事是性动与欲求，所以我们应当守礼，用礼来养化我们的性，调度我们的欲，使我们容易达到完全人格实现的目的。《修身篇》：

扁善之度，以治气养生则后彭祖，以修身自名，则配尧、禹。宜于时通，利以处穷，礼信是也。凡用血气、志意、知虑，由礼则治通，不由礼则勃乱提僈；食饮、衣服、居处、动静，由礼则和节，不由礼则触陷生疾；容貌、态度、进退、趋行，由礼则雅，不由礼则夷固僻违，庸众而野。故人无礼则不生，事无礼则不成，国家无礼则不宁。

既将为善、守礼两层修身的先决问题解决了，那么就要讲到如何地修养。关于这方面的功夫，可分两类：一为身体修养的；一为人格修养的。身体修养，就是治气养心。治气养心，只在使心气调节。人格修养的功夫可分四种：叫作"诚养心""修意志""厚德行""明知虑"。

荀子拿调节做治气养心的方法，和老、庄的养生方法不同。老、庄是观心灭欲的。荀子是用礼调节心气，使心气永远保持一种和平的状态的。《修身篇》：

> 治气养心之术：血气刚强，则柔之以调和；知虑渐深，则一之以易良；勇胆猛戾，则辅之以道顺；齐给便利，则节之以动止；狭隘褊小，则廓之以广大；卑湿、重迟、贪利，则抗之以高志；庸众驽散，则劫之以师友；怠慢僄弃，则炤之以祸灾；愚款端悫，则合之以礼乐，通之以思索。凡治气养心之术，莫径由礼，莫要得师，莫神一好。夫是之谓治气养心之术也。

至于荀子所主张的人格修养的功夫，和孔子的修养方法大致相同。现在逐条引证于后：

一、诚养心

"养心"这个名词，两见于《修身篇》和《不苟篇》；但《修身篇》中的养心，和《不苟篇》中的养心的意义，不完全相同。《修身篇》中的养心，是指修养身体说的。《不苟篇》中的养心，是指修养人格说的。身体的心，要用调节的方法，使它保持平静的状态，不可使它失了常态，发生意外的变化，所以养心和治气可以联合起来说。因为气也属身体方面的，也应当保持一种中和的状态，方能顺应而不燥急，所以孔子尝说治气要"食不语，寝不言"。孟子也曾说，"无暴其气"，都是属于修养身体方面的话。至于人格的心，那是要用诚去修养的。所谓要诚，就是保持心的原有的大清明的状态，不使它被外物所蔽。一个人的心，如果能不为外物所蔽，那么所见皆明，就如同神灵一般了。所以他在《不苟篇》说：

　　君子养心莫善于诚，致诚则无它事矣，唯仁之为守，唯义之为行。诚心守仁则形，形则神，神则能化矣；诚心行义则理，理则明，明则能变矣。变化代兴，谓之天德。天不言而人推高焉，地不言而人推厚焉，四时不言而百姓期焉。夫此有常，以至其诚者也。

　　二、修意志

意志是一种力，也可以说是一切行为的原动力。一切行为没有意志来推动，决不能完成，纵能完成了，也不能中礼义。所以我们应当修意志。所谓修意志，是要把我们的意志养成一种坚强不屈的气概。一个要求完全人格实现的人，尤其要有坚强的意志，才能克服一切，把这种伟大的工作完成，不然必定要中道而废的。荀子在《修身篇》说：

　　志意修则骄富贵，道义重则轻王公，内省而外物轻矣。传曰："君子役物，小人役于物。"此之谓矣。

三、厚德行

所谓德行就是一切对人对己的动作。一个人的完全人格，全靠这种动作表现出来。换句话说，这种动作，是可表现人的人格的。所以这种动作，如果是浇薄而不敦厚，那么实现完全人格，就失了根本条件。所以荀子主张厚德行。《不苟篇》说：

> 君子宽而不僈，廉而不刿，辩而不争，察而不激，寡立而不胜，坚强而不暴，柔从而不流，恭敬谨慎而容，夫是之谓至文。《诗》曰："温温恭人，惟德之基。"此之谓矣。

四、明知虑

知虑是什么？就是理智。这种理智，本来可以知道一切的；但有时被外界物所蔽，不能知道什么，因此我们就会做出许多蠢动的事情出来。我们要免除这种蠢动的发生，只有明知虑。所谓"知止而后有定，定而后能静，静而后能安，安而后能虑，虑而后能得也"。《不苟篇》说：

> 君子位尊而志恭，心小而道大，所听视者近而所闻见者远。是何邪？则操术然也。故千人万人之情，一人之情是也；天地始者，今日是也；百王之道，后王是也。君子审后王之道而论于百王之前，若端拜而议。推礼义之统，分是非之分，

> 总天下之要，治海内之众，若使一人，故操弥约而事弥大。
> 五寸之矩，尽天下之方也。故君子不下室堂而海内之情举积
> 此者，则操术然也。

这里所说的术，就是指明知虑说的。他的意思是说，君
子所以能"位尊而志恭，心小而道大，所听视近而闻见者远"，
都由于能明知虑的缘故，因为知虑明了，就如明镜一般，能照
见万物，所以"位虽尊而志恭，心虽小而道大；所听视者虽近，
而所闻见者远。"

以上是说修身的功夫。除了这些修身的功夫以外，还有
处世的态度，荀子所主张处世的态度很多，现在概括地分述
于后：

一、立身是体要恭敬，心要忠信，术要礼义，情要爱人。《修
身篇》说：

> 体恭敬而心忠信，术礼义而情爱人，横行天下，虽困四夷，
> 人莫不贵……体倨固而心执诈，术顺墨而精杂污，横行天下，
> 虽达四方，人莫不贱。

二、待人是要争劳苦，让饶乐，端悫而信，拘守而详。《修
身篇》说：

劳苦之事则争先,饶乐之事则能让,端悫诚信,拘守而详,横行天下,虽困四夷,人莫不任……劳苦之事则偷儒转脱,饶乐之事则佞兑而不曲,辟违而不悫,程役而不录,横行天下,虽达四方,人莫不弃。

三、做事为学要勤而有恒,尊师而守礼。《修身篇》说:

故学曰:"迟彼止而待我,我行而就之,则亦或迟或速,或先或后,胡为乎其不可以同至也?"故蹞步而不休,跛鳖千里。累土而不辍,丘山崇成。厌其源,开其渎,江河可竭。一进一退,一左一右,六骥不致。彼人之才性之相县也,岂若跛鳖之与六骥足哉?然而跛鳖致之,六骥不致,是无他故焉,或为之,或不为尔。道虽迩,不行不至;事虽小,不为不成。其为人也多暇日者,其出入不远矣。

这是说勤而有恒。

礼者,所以正身也;师者,所以正礼也。无礼何以正身?无师,吾安知礼之为是也?礼然而然,则是情安礼也;师云而云,则是知若师也。情安礼,知若师,则是圣人也。故非礼,是无法也;非师,是无师也。不是师法而好自用,譬之是犹以盲辨色,以聋辨声也,舍乱妄无为也。故学也者,礼法也。

夫师，以身为正仪而贵自安者也。（同上）

这是说尊师守礼。

四、立行、立言、立名要合乎礼义。《不苟篇》说：

君子行不贵苟难，说不贵苟察，名不贵苟传，唯其当之
为贵。故怀负石而赴河，是行之难为者也，而申徒狄能之；
然而君子不贵者，非礼义之中也。山渊平，天地北，齐、秦袭，
入乎耳，出乎口，钩有须，卵有毛，是说之难持者也，而惠施、
邓析能之；然而君子不贵者，非礼义之中也。盗跖吟口，名
声若日月，与舜、禹俱传而不息；然而君子不贵者，非礼义
之中也。故曰：君子行不贵苟难，说不贵苟察，名不贵苟传，
唯其当之为贵。《诗》曰："物其有矣，唯其时矣。"此之谓也。

五、应对要以义应变，知当曲直。《不苟篇》说：

君子崇人之德，扬人之美，非谄谀也；正义直指，举人
之过，非毁疵也；言己之光，拟于舜、禹，参于天地，非夸
诞也。与时屈伸，柔从若蒲苇，非慑怯也；刚强猛毅，靡所
不信，非骄暴也。以义应变，知当曲直故也。《诗》曰："左
之左之，君子宜之；右之右之，君子有之。"此言君子能以
义屈信变应故也。

六、非斗、人与人相打叫作斗、国与国相攻叫作战，都不是处世立国应有的行为。所以荀子对人就主张非斗，对国就主张非战。《荣辱篇》说：

斗者，忘其身者也，忘其亲者也，忘其君者也。行其少顷之怒而丧终身之躯，然且为之，是忘其身也；室家立残，亲戚不免乎刑戮，然且为之，是忘其亲也。君上之所恶也，刑法之所大禁也，然且为之，是忘其君也。忧忘其身，内忘其亲，上忘其君，是刑法之所不舍也，圣王之所不畜也。乳彘触虎，乳狗不远游，不忘其亲也。人也，忧忘其身，内忘其亲，上忘其君，则是人也而曾狗彘之不若也。凡斗者，必自以为是而以人为非也。己诚是也，人诚非也，则是己君子而人小人也，以君子与小人相贼害也。忧以忘其身，内以忘其亲，上以忘其君，岂不过甚矣哉！是人也，所谓"以狐父之戈镯牛矢"也。将以为智邪？则愚莫大焉。将以为利邪？则害莫大焉。将以为荣耶？则辱莫大焉。将以为安耶？则危莫大焉。人之有斗，何哉？我欲属之狂惑疾病邪，则不可，圣王又诛之。我欲属之鸟鼠禽兽邪，则不可，其形体又人，而好恶多同。人之有斗，何哉？我甚丑之！

上面已把荀子所主张的处世的态度叙述完了。现在再来叙述一段做这篇的结论。

　　荀子拿"君子"代表做修身功夫到了家的人，或完全人格已经实现的人。拿"小人"代表做修身工功未到家，或完全人格未实现的人。所以荀子在《不苟篇》当中，常常把君子与小人并举，同时称扬君子，而非薄小人。不过君子之所以能为君子，小人之所以不能为君子，而仅为小人，其中的缘故，荀子在《荣辱篇》里，说得很详细。荀子认为君子之所以能为君子，并不是天生而成的。小人之所以仅为小人，而不能为君子，也并不是天生而成的。天所赋予二者的材性知能，原来是相同的。所以一个做君子，一个做小人，那完全因为君子和小人所求的道不同，就是注错习俗不同。因为注错习俗不同，于是小人的心里认为君子天生来就是比自己好的，虽想为君子，也不敢为君子。《荣辱篇》说：

　　　　材性知能，君子小人一也。好荣恶辱，好利恶害，是君子小人之所同也，若其所以求之之道则异矣。小人也者，疾为诞而欲人之信己也，疾为诈而欲人之亲己也，禽兽之行而欲人之善己也。虑之难知也，行之难安也，持之难立也，成则必不得其所好，必遇其所恶焉。故君子者，信矣，而亦欲人之信己也；忠矣，而亦欲人之亲己也；修正治辨矣，而亦欲人之善己也。虑之易知也，行之易安也，持之易立也。成则必得其所好，必不遇其所恶焉。是故穷则不隐，通则大明，身死而名弥白。小人莫不延颈举踵而愿曰："知虑材性，固有以贤人矣。"夫不知其与己无以异也，则君子注错之当，而小人注错之过也。故孰察小人之知能，足以知其有余，可以为君子之所为也。譬之越人安越，楚人安楚，君子安雅，是非知能材性然也，是注错习俗之节异也。

《荣辱篇》又说：

凡人有所一同：饥而欲食，寒而欲煖，劳而欲息，好利而恶害，是人之所生而有也，是无待而然者也，是禹、桀之所同也。目辨白黑美恶，耳辨音声清浊，口辨酸咸甘苦，鼻辨芬芳腥臊，骨体肤理辨寒暑疾养，是又人之所常生而有也，是无待而然者也，是禹、桀之所同也。可以为尧、禹，可以为桀、跖，可以为工匠，可以为农贾，在执注错习俗之所积耳。

荀子这种理论，当然是从他的"性可塑"的根本观念来的。我们既明了他的根本观念，对于这种主张当然也不会做别的想念。不过荀子在《荣辱篇》里，反复地说君子与小人的材性知能没有什么差异，认为小人也可以为君子，这实在可以说是很明白人类心理的人。因为如果对小人明白地说出他没有希望做君子，那么他的心理上受了一种莫大的刺激，因此他本来可以做君子，反使他自暴自弃，终归不敢存一种做君子的希望，而甘居鄙卑。所以说小人有做君子的希望，或是说小人的材性知虑和君子一样，那么小人知道了，心理上得到一种鼓励，引起他向善的热心，或者因此使他成为一个君子也未可知。荀子能利用这点来教化人民，收效力是很大的。同时发扬孔子"主习"的微言的功劳也不小！

正　名　九

　　正名论就是荀子的方法论，本来想用方法论三字的，为了一律取用原名起见，所以仍用正名。

　　孔子所用的和所提倡的方法是一种经验的演绎法，或归纳的演绎法。荀子是传孔子学问的中心人物，自然他所用的和所提倡的方法也是归纳的演绎法。不过荀子用这种方法更为严整，发挥经验的话，也比较多而且显明，对于正名的主张，不单说得更激进，并且在理论方面，也有许多创见。

　　荀子是一位最笃实的学者，所以他的思想非常笃实而又有系统。他注重经验，就是他的思想笃实的表现。他主张正名就是他的思想有系统的表现。《劝学篇》说：

　　君子博学而日参省乎己。

《大略篇》说：

> 是非疑则度之以远事，验之以近物，参之以平心，流言
> 止焉，恶言死焉。

《正名篇》说：

> 然则何缘而以同异？曰：缘天官。

就是他注重经验的话。

荀子既注重经验，那么他遇到探求知识的时候，自然要拿经
验中的一贯条理做前提，然后去推论。所以他在《王制篇》说：

> 其有法者以法行，无法者以类举，听之尽也。

所谓以类举者，就是实行经验的推论。"类"就是经验中
的一贯条理。"举"就是推论。荀子书中的"类"字，大都指
经验中的一贯条理说的。例如《王制篇》中段说：

"以类行杂，以一行万"的类字，也是指经验中的一贯条
理说的。所谓"以类行杂，"就是拿一贯的条理，应用到杂乱
的事物当中去，换句话说，我们要想求那杂乱事物当中的知识，
应拿经验的一贯条理去推论。"以一行万"意思也相同。但杨

倞解释"以类行杂"这句话，以为是"得其统类，则不患于杂"，这不但于文法不通，就是于理也不明。荀子既主张经验的推论，于是他在《不苟篇》说：

> 故千人万人之情，一人之情是也；天地始者，今日是也；百王之道，后王是也。君子审后王之道而论于百王之前，若端拜而议。

关于荀子注重经验和主张经验的推论的话既叙述过了。现在来叙述荀子的《正名论》：

一、名的定义："名也者，所以期累实也。"

所谓"期累实"，就是使各个事物，有所分别而不至混乱的意思。所以他又说：

> 名定而实辨。

二、名的用："名闻而实喻，名之用也。"

这就是说名的用处，是使人对于事物容易明了的意思，所以他又说：

> 名足以指实。

三、名的成立的时代:"后王之成名:刑名从商,爵名从周,文名从礼。散名之加于万物者,则从诸夏之成俗曲期。"

四、正名的原因:"今圣王没,名守慢,奇辞起,名实乱,是非之形不明,则虽守法之吏,诵数之儒,亦皆乱也。"

从上面的话,我们知道正名的原因,由于以上几种情形。所以荀子叙述当时惑于用名的三种说:

甲,用名以乱名:"'见侮不辱','圣人不爱己','杀盗非杀人也',此惑于用名以乱名者也。"

乙,用实以乱名:"'山渊平','情欲寡','刍豢不加甘,大钟不加乐',此惑于用实以乱名者也。"

丙,用名以乱实:"'非而谒楹有牛,马非马也',此惑于用名以乱实者也。"(以上均《正名篇》)

既有了这种原因,于是荀子就承孔子的遗志,也主张正名。正名的先决问题,是研究名的成立,求一种学理的根据,然后用这种学理去驳斥当时乱名的人的话。所以他正名的第一步功夫就是"察所为有名","所缘以同异"与"制名之枢要"。所谓"所为有名",就是为什么要有名,也就是正名的目的何在。所谓"所缘以同异",就是用什么来做制名的分类标准。所谓"制名之枢要",就是制名的大纲。

一、所为有名:荀子说:

异形离心交喻,异物名实玄纽,贵贱不明,同异不别,如是则志必有不喻之患，而事必有闲废之祸。故知者为之分别，制名以指实，上以明贵贱，下以辨同异。贵贱明，同异别，如是则志无不喻之患，事无困废之祸，此所为有名也。

上面这段是荀子自己说明所为有名的话。他的意思是说：如果没有名这样东西，把那实做一种固定的分别，那么各种物形，就不能和人的心相应。既不能相应，那么各个人所指的东西，与实就不同一。例如我说鸟是飞禽，你说马是飞禽，你说鸟是走兽，我说马是走兽，或者你说红是绿，我说绿是红。既是各个人所指的东西，名与实不同一，那么，贵贱就不可以明，同异也不能够别了。例如孔子是圣人，而叫他作盗。跖是盗，而叫他作圣人，这不是贵贱没有明吗？又如牛马，我说它们是动物，因为牛字，我是把它代表一种头有角、力大的动物的。马字，我是把它代表一种没有角、善走的动物的。但是你却说牛、马是植物，因为你把牛字代表一株有枝桠的大树，马字代表一颗美味的园疏，这样岂不是同异不能分别吗？贵贱既不明，同异又不别，那么，我们心里的思想，还能发表出来吗？因为发表出来后，对方是不会明了我们所说的是指什么东西的。一个人心里的思想既不能发表，当然要遇到许多困难的。因此，有识见高的人，就把所有的事物，分别制起名来，使各个事物，各有一个名，于是我们就拿这个名去指实。这样，上就可以明贵贱，下就可以别异同了。贵贱可以明，同异可以别，那么我们心里的思想，还会不能够发表出来吗？也还有困难吗？

在荀子这段话，有一点我们要注意的，就是制名的目的，在乎上明贵贱，下别同异。照论理学来说，名有两大种：一种是抽象的名，一种是实物的名。例如善、恶等是抽象的名，金、石等是实物的名。抽象的名，是明贵贱的。实物的名，是别异同的。例如：好坏、善恶、荣辱、重轻、正邪等，本身已经含了贵贱的意义。如果再拿这些名词，加到一些东西上面去，自然可以表明哪些是贵，哪些是贱。又加植物、动物、牛、马、金、石等，本身已经含了同异的意义。如果再拿这些名词，加到一些实物上去，自然可以表明哪些是同，哪些是异。不过照当时的社会情形来说荀子的意思，还不只在这两点。因为当时的邪说暴行，比孔子时代的君不君，臣不臣，父不父，子不子的情形更坏，荀子为想达到他正名的目的起见，所以再加上下两个字，用上字加重明贵贱，表明明贵贱的双重意义；用下字表明名的别同异，是名的一种基本功用。所以《正名篇》的首段只说"名以指实"，"名闻实喻"。但胡适之认为荀子说名的别同异是附带的功用，并且认为荀子是投墨子的机的。所以胡适之说当时只有墨家是主张名可以别同异的。这无乃太武断了！我想荀子既要正名，还会把名的别同异的功用，认为是附带的吗？假如荀子把名的别同异的功用，认为是附带的，那么，它为什么又要把名的定义，立为"名者所以期实累也"呢？这岂不是自相矛盾吗？我想荀子决不至有这样糊涂。

二、所缘以同异：荀子说：

　　然则何缘而以同异？曰：缘天官。凡同类、同情者，其
天官之意物也同，故比方之疑似而通，是所以共其约名以相
期也。形、体、色、理以目异，声音清浊、调竽奇声以耳异，甘、
苦、咸、淡、辛、酸、奇味以口异，香、臭、芬、郁、腥、臊、
洒、酸、奇臭以鼻异，疾、养、沧、热、滑、铍、轻、重以
形体异，说、故、喜、怒、哀、乐、爱、恶、欲以心异。心
有征知。征知则缘耳而知声可也，缘目而知形可也，然而征
知必将待天官之当簿其类然后可也。五官簿之而不知，心征
之而无说，则人莫不然谓之不知，此所缘而以同异也。

　　上一段话是荀子自己说明所缘以异同的话。他设问：我们
如果要制名而分别实物的同异，到底用什么东西来做分别的标
准呢？他自己答道：用天官。所谓天官，就是五官。为什么要
用天官呢？因为五官均有一种感觉能力，并且各个天官所感的
东西不同。例如目可以感觉色，耳可以感觉声，舌可以感觉味，
鼻可以感觉臭，体可以感觉触，故天官有一种天然分别同异的
力量。所以我们要分别物的同异，尽可拿天官做标准。况且同
情同类的天官，都有同样的作用。例如人类的目都可以感觉（原
文的意字，应作感觉解，杨注作想无解）色，既有同样的作用，
故各个人的心意，能互相通晓，共同的约定某名以指某实。

但缘天官是如何缘法呢？是遇到方、员、黑、白等的形色，我们就用目来分别它们；遇到细、洪、清、浊等的音声，我们就用耳来分别它们；遇到酸、甜、甘、辣等的味，我们就用舌来分别它们；遇到喜、怒、哀、乐等的情，我们就用心来分别它们……这就是缘天官而分别同异。

但心的能力，比前五官更大。它除了能分别喜、怒、哀、乐的情以外，还能征知。所谓征知就是辩证知识。所以荀子自己说："心有（作又字讲）征知。"这"征知"的"征"字，杨注作"召"，章太炎解作"召呼"，胡适之解作"证"。我以为都不是。他们这些说法，都是只从征字一个字去考据，而没有向后面参证荀子论心作用的一段文章。如果参证了后面荀子论心的一段文章，那么必定知道这个征字应当作辩证讲，就是说，心除了分别喜、怒、哀、乐等的情以外，又可以辩证知识。心为什么能辩证知识呢？因为心是"道之工宰，形之君，神明之主也"。况且荀子自己在《性恶篇》里也说过"心辩知"的话，那么征字应解作"辩证"更有根据了。

心既是能辩证智识的，那么，为什么又要缘（用）耳方才能知声？缘目方才能知形呢？这是因为心不能直接和外物发生关系，也就是认识的发生。第一步还是器官和外物相接触。例如声先与耳接触，然后心加入工作，而认识此声为钟声。所以声之与耳接触，是一种纯粹感觉。这可以叫作官觉。待心加入工作后，方才发生认识。这可以叫作知觉。关于这层意思，我们可以借用一些佛家的理论来说明。佛经上说人的五官有五根，叫作耳、目、鼻、舌、身五根。这五根的对象物叫作色、声、香、味、触五尘。根与尘相对，例如耳与声相遇，于是发生一种纯感觉，等到意识加入以后，于是知道那个声音是一种炮声。所以耳自己不能辩证知识，惟有意识有一种辩证的力量，这就是荀子所谓"心辩知"。但是意识虽然有辩证的力量，如果根尘不相对还是不会发生认识的。例如千里外的孤洲上，一阵雁声高唱，这种声并未与人的耳接触，那么，纵使人的心可以辩证知识，又谁能知道孤洲有雁声呢？所以必要根尘相对，然后意识加入，方才可以发生认识。这就是荀子所谓"缘耳而知声"。

但是要想辩证知识，只此一点，还不足够，因为根与尘虽然相对了，例如耳与鸟声相遇了，但是对于这种声，如果素来没有听过，就是天官的耳，从来没有把这种声留过一次痕迹，我们仍是不知道是什么鸟声的。所以要辩证知识，第一层要天官与外物相遇。第二层还要天官上留过痕迹方才可以。

三、制名的枢要：荀子说：

同则同之，异则异之，单足以喻则单，单不足以喻则兼，单与兼无所相避则共，虽共，不为害矣。知异实者之异名也，故使异实者莫不异名也，不可乱也，犹使异实者莫不同名也。故万物虽众，有时而欲遍举之，故谓之物。物也者，大共名也。推而共之，共则有共，至于无共然后止。有时而欲遍举之，故谓之鸟兽。鸟兽也者，大别名也。推而别之，别则有别，至于无别然后止。名无固宜，约之以命。约定俗成谓之宜，异于约则谓之不宜。名无固实，约之以命实，约定俗成谓之实名。名有固善，径易而不拂，谓之善名。物有同状而异所者，有异状而同所者，可别也。状同而为异所者，虽可合，谓之二实。状变而实无别而为异者，谓之化。有化而无别，谓之一实。此事之所以稽实定数也，此制名之枢要也。

　　上段是荀子自己说明制名之枢要的话。他说：凡是同的事物，我们就用相同的名去名它。例如尧是人，禹也是人，同是人，所以都叫他作人。牛是牛，马是马，马非牛，牛也非马，所以分别叫作它们牛马。这是制名的第一枢要。如果一个名可以使事物晓喻于人，就用一个名，所谓单名；如果一个名不足以使事物晓喻于人，就用两个名，所谓兼名。例如要想名马，就用一个马字名它，这就是单名。若要名白马，一个马字不足，就用白马二字名它，这就是兼名。这是制名的第二枢要。马可以名一切的马，白马可以名一切的白马，因为单与兼无避故共，虽共不为害，这是制名的第三枢要。至于第四枢要，是说用事物的外延而立同名：凡外延最大的叫作大共名。外延最小的叫作无共。第五枢要，是说用事物的内包而制异名：凡内包最大的叫作大别名，内包最小的叫作无别。用这种方法制名，和西洋论理学制名的原理相同。我们可以作下面的图表明它：

不过荀子的时代，我国的论理学没有发达到西洋论理学这样详密，对于实物的内包外延，不能做详尽的审察，所以荀子拿物当作外延最大的东西，倒和西洋论理学有些相符。但拿鸟兽当作内包最大的东西，那就失当了。因为拿生物分类学来说，鸟兽尚有许多不同的种类，不过这种失当，

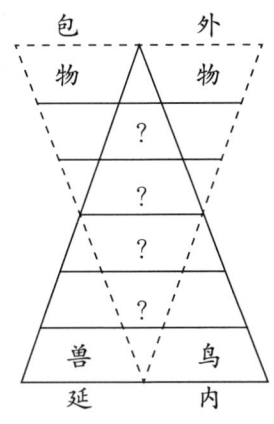

只是审定事物的失当，至于原理方面，并没有什么错处。第六枢要是说明用某名名某物，原是没有定则的。不过大家相约定用某名名某物而成为习俗以后，那么，某名名某物就有了定则，如果不依照原约去做，就可以说是不对的。但某名原来也不一定就名某种实物。例如在起初，马不一定就名马，也可以名现今的犬，不过在起初大家既约定用马名马，并且成了习俗以后，那么，这个马字就是马的实用了。第七枢要，是说凡名有它的固有的善处，它的固有的善处是什么？是容易明晓，也就是使人呼其名而知其实。所以制名应顾到这点。第八枢要，是说物的形状虽同，而所处的空间不同，与物的形状虽异，而所处的空间则同，二者是有分别的。因为前者状虽同，而所居的空间既异，如马虽同状而各在一方那么名虽可共，而实实在是两样。后者形虽变异，而实际是没有分别的，如蚕变为蛾，彼此的形状虽不同，实在不过是一种变化罢了。所以只是变化，而实没

有分别，因为只一个实物！这种情形，是可以用数字来稽定他的实的。所以我们制名，对于这点也要分别清楚。

荀子既把制名的三个要点说明了，他就来说他用辩正名的原因。他认为正名的责任，原来是君主负的。君主可以用命令告诉人民，使人民遵守。如人民不遵守的话，他就可以用刑法禁止，用不着用辩的。所以他说：

> 故明君临之以执，道之以道，申之以命，章之以论，禁之以刑。故其民之化道也如神，辩执恶用矣哉！（以上均《正名篇》）

不过到荀子的时代，圣王没了，没有人负责正名，于是他自己不得不以此为己任；但他无权无势，不能用命令和刑法去做正名工具，只有用辩，把正名的道理晓喻于人，所以他在《正名篇》说：

> 今圣王没，天下乱，奸言起，君子无执以临之，无刑以禁之，故辩说也。

这样看起来，荀子所以要辩说，也和孟子一般，是不得已的。既讲到辩了，那么辩的方法，也应注意，不然，乱辩一顿，也不是正名的初衷。且辩没有方法，也不能取胜于人。

辩的目的：荀子说：

> 实不喻然后命，命不喻然后期，期不喻然后说，说不喻
> 然后辨。（同上）

辩的目的，是因为实不喻，命之以名，又不喻，期之以形状；又不喻，说之以所以然；又不喻，故不得不反覆以辩，这就是辩的目的。所以辩也是一种大功用，由此也可以成大业的。

组成辩的原质：这种原质是什么？是文、名、辞、辩说、期命。怎样叫作文？"累名而成者也"。例如：天高。怎样叫作名？"所以期实累也"。例如：牛马。怎样叫作辞？"兼异实之名，以论一意也"。例如：马为四足兽。怎样叫作辩说？"不异实以喻动争之道也"。例如：水冻了就会冰，冰热了就会融，水与冰形虽异而质实相同。怎样叫作期命？"辩说之用也"。例如：水是液体，冰是固体。

辩说的方法：辩说的方法，是要使心合于道，说合于心，辞合于说。因为辩说是心的象道，就是辩说是表明心的意旨的；但心又为道的主宰，道又为治的经纪，所以道对于心，心对于辩说，辩说对于辞，都有他们作用上的关系。如果要辩说，对于他们各个的作用上的关系，必定要表现的圆满而契合，没有什么背谬的地方，然后才能"正名而期，质请而喻。辨异而不过，推类而不悖，听则合文，辨则尽故，以正道而辩奸，犹引

绳以持曲直，是故邪说不能乱，百家无所窜"。(《正名篇》)

以上是荀子讲辩的话。辩也是论理学的一部，从求智识的方面去说，辩的作用很大；所以荀子也不敢轻视它。但荀子讲辩不很详细，虽有一二个有价值的定义，然而对于组织方面，尚不完整。不过荀子实在是不重辩的。辩是不得已的。所以对于辩的组织不完整，也没有什么关系。

荀子的《正名篇》，有些人以为就是荀子专讲名学的文章。在表面上看来，这篇文章，实在是专讲名学的；不过荀子在这文章里所说的话，都是有背景的。所以这篇文章半为名学的论文，半为政治的论文，与孔子的正名主义的意义同出一辙。孔子的正名主义，在论理方面讲，是一个名学上的基本原理，而在政治方面讲，是一个重要的政策，子路问孔子治卫说："奚先？"就可以证明这话不错。因为惟有政策是多数的，同时是有先后的分别的。如果是政治的一条原理，又从何说"奚先"呢？所以正名在儒家的学说里，是有双重的意义的，我们实在不可忽略。

王制 十

王制就是荀子的政治论。什么是政治？答复这句话，人人不同，因为各人对于政治所定的目的不同。但是目的所以会不同，这确不是主观所致，实在是客观的社会环境与社会进化所使然的。所以哲学、玄学等，还可稍微离开实际的社会环境，而政治学说，就全不能离开社会环境，尤其是在中国古代的社会。因为中国古代的政治学说，就是全部的社会学说，政治学所讨论的对象，是整个的社会问题。不像现代的政治学所讨论的，是一部分的社会问题。所以中国古代的政治学说，更不能超越社会，空口白话。因此荀子的政治学说，就和孔子有许多不相同的地方。所以孔子在《论语》上所讨论的政治，并没有什么具体的主张。到了荀子因社会环境复杂的关系，便不能有不具体的倾向了。

既谈到这层我们就不能不来先说荀子时代的社会，和孔子时代的社会不同的一点，然后才参照荀子时代的社会情形去讨论荀子的政治学。

荀子时代的社会，和孔子时代的社会，最大的不同点，就是社会经济组织不同。孔子时代的社会，社会进化还很幼稚，社会组织还很简单，所以孔子的政治思想，是一种教育思想化的政治思想。严格地说，他实在如同老子一般，主张不要政治的。因为他自己说过："道之以政，齐之以刑，民免而无耻。"孔子为什么也要主张不用政呢？因为当时的社会组织比较简单，事实上用不着以政道之，只须以教化之就够了，所以用不着一种很复杂的政治学说，讨论如何治理人民与国家，只要想出法子，使当时的人民得到一种安稳的生活，同时行为上有一种很合理的举动就够了。所以孔子只注重以德与礼教民，而不用刑与政治民。所谓社会组织很简单，就是经济组织不完备。因为孔子的时代，虽然是到了农业时代了，然而还是初期的农业社会，虽然人民渐渐可以占有私产，然而大部分的财政，还是集中在政府里的，所谓"仓廪实，府库充"。所以那个时候还没有脱离原始共产的痕迹，因此当时的人民生活，用不着向物质方面去追求，只要向精神方面求安慰就足够了。所以争夺的事少，而保护私有财产的政治用不着。故孔子的政治学说，只是讲如何感化人民的行为，而丝毫不及其他如分欲等问题。到了荀子的手上，他却认为政治目的，是在制欲与分欲，从经济上表明二者目的的不同。

荀子为什么要有制欲与分欲的主张呢？因为荀子时代是农业时代比较发展的一个时期。社会经济的组织，已确定了财产私有制度。自私自利的人民，过去是为公的，现在却专为营私了。一举一动，专在肥私利己这方面用功。所以荀子说：

> 今人之性，生而有好利焉，顺是故争夺生而辞让亡焉。（《性恶篇》）

因为这层关系，所以荀子不得不把政治的目的，定为制欲与分欲，以期免去争夺之乱；把孔子所定的政治是感化人民行为的直接目的，列为间接目的。

上面所说的话，是一种理论，我们应当用事实来证明；但我们用不着向历史去找事实，只要去读一读《孟子》七篇，就可以找出事实来证明。因为从孟子书中，我们可以知道孟子时代的社会组织和孔子的不同。在孔子时代，虽然周室将灭，但制度文物，仍是多沿周初的旧制。周初的社会组织，是没有脱离原始共产痕迹的。孟子说：

> 夏后氏五十而贡，殷人七十而助，周人百亩而彻，其实皆什一也。

所谓"周人百亩而彻"，就是周时一夫授田百亩，耕则通力合作，收则计亩均分，纳税则仅什分中取一分。故当时的人民，个个有恒产，同时纳税又轻，所以与原始共产社会的经济组织，耕者有其田的情形相等。但到孟子以后，这种制度就被打破了，社会经济组织，由均分的共有，变为独占的私有，人民所据有的田产，有些人很多，有些人很少。昔日所划定的经界到如今已完全毁灭了。孟子看见这种情形，认为对于国计民生大有妨碍，所以主张恢复古代的井田制度，均分田产。要均分田产，自然要重新划过田界。因为原井田的田界已经毁灭了。所以孟子说：

欲行仁政，必自经界始。

荀子的时代，较孟子的时代离孔子的时代自然更远，那么用推论法去推论，也知道荀子时代的社会经济组织已毫无原始的共产制的遗迹，只有独占的私有的新制度，就是所谓兼并制度。因此人民富贫不等，贫者求富，富者求更富，于是乃有欲恶同物的情形，而荀子不得不主张制欲与分欲。所以从这点来说，实在可以证明荀子的制欲与分欲的主张的背景，就是当时的社会的经济组织。

说到这儿，有一句话要申明了：荀子思想，虽然是以当时社会经济组织做背景的，似乎有唯物史观思想的色彩，然而我们并不能就说他是一个唯物史观的哲学家；更不能因为他的政治目

的是制欲与分欲，是以社会经济组织做背景的，就误会荀子的
政治学说，是站在唯物史观立场发出的。因为荀子这种制欲与分
欲的思想的发生，是当时的社会经济组织，给他一种正面的暗示，
而不是当时的社会经济组织给他一种反面的启示，使荀子在唯
物史观的立场上，发出分产的议论。所以我们只能说荀子这种
心想，是社会进化必然的产物，而不能说是荀子故意创立的学
说。况且荀子所主张政治的目的，虽是制欲与分欲，但对于政
治设施的方法，还是与孔子相同的，就是孔子所用的是感化方法，
荀子也用的是感化方法，不过荀子带有严肃的倾向，所以同时
注重法与刑，比孔子专注重德与礼稍激进些。现在分条叙述于后：

一、政治的目的

荀子对于政治的目的，认为直接是制欲与分欲，而由制欲与
分欲的设施，成形改善人民行为的间接目的。所谓制欲，是用政
治的力量，来调节我们向外冲动的欲；所谓分欲，是将我们所欲
的对象物，用礼来分配，使我们知道如何取舍。《富国篇》说：

　　　无君以制臣，无上以制下，天下害生纵欲，欲恶同物，
　　欲多而物寡，寡则必争矣。

《礼论篇》说：

　　　人生而有欲，欲而不得，则不能无求；求而无度量分界，

则不能不争；争则乱，乱则穷。先王恶其乱也，故制礼义以分之，以养人之欲，给人之求，使欲必不穷乎物，物必不屈于欲，两者相持而长，是礼之所起也。

二、分说

荀子既把政治目的定为是制欲与分欲，于是他就创立一种分说。《荣辱篇》说：

> 夫贵为天子，富有天下，是人情之所同欲也。然则从人之欲则执不能容，物不能赡也。故先王案为之制礼义以分之，使有贵贱之等，长幼之差，知、愚、能、不能之分。
>
> 人之生，不能无群；群而无分则争，争则乱，乱则穷矣。故无分者，人之大害也；有分者，天下之本利也；而人君者，所以管分之枢要也。故美之者，是美天下之本也；安之者，是安天下之本也；贵之者，是贵天下之本也。古者先王分割而等异之也，故使或美或恶，或厚或薄，或佚或乐，或劬或劳，非特以为淫泰夸丽之声，将以明仁之文，通仁之顺也。故为之雕琢、刻镂、黼黻、文章，使足以辨贵贱而已，不求其观；为之钟鼓、管磬、琴瑟、竽笙，使足以辨吉凶，合欢定和而已，不求其余；为之宫室台榭，使足以避燥湿，养德辨轻重而已，不求其外。《诗》曰："雕琢其章，金玉其相。亹亹我王，纲纪四方。"此之谓也。（《富国篇》）

荀子的分说，有三种意义，这三种意义，就是前面所说的分贵贱之等；长幼之差；知、愚、能、不能之分三点。

（一）分贵贱之等：荀子说：

分均则不偏，执齐则不壹，众齐则不使。有天有地而上下有差，明王始立而处国有制。夫两贵之不能相事，两贱之不能相使，是天数也。执位齐而欲恶同，物不能澹则必争，争则必乱，乱则穷矣。先王恶其乱也，故制礼义以分之，使有贫富贵贱之等，足以相兼临者，是养天下之本也。《书》曰："维齐非齐。"此之谓也。（《王制篇》）

（二）分长幼之差：荀子说：

君臣不得不尊，父子不得不亲，兄弟不得不顺，夫妇不得不欢。少者以长，老者以养。（《大略篇》）

礼者：贵者敬焉；老者孝焉；长者弟焉；幼者慈焉；贱者惠焉。（《大略篇》）

（三）分知愚能不能之分：荀子说：

故百技所成，所以养一人也。而能不能兼技，人不能兼官，

离居不相待则穷，群而无分则争。穷者患也，争者祸也，救
患除祸，则莫若明分使群矣。强胁弱也，知惧愚也，民下违
上，少陵长，不以德为政，如是，则老弱有失养之忧，而壮
者有分争之祸矣。事业所恶也，功利所好也，职业无分，如
是，则人有树事之患，而有争功之祸矣。男女之合，夫妇之分，
婚姻娉内送逆无礼。如是，则人有失合之忧，而有争色之祸矣。
故知者为之分。（《富国篇》）

上段是荀子发挥他知、愚、能、不能分工做事的说话。看
他的词句虽是要把知、愚、能、不能分工做事；但探他的意思，
实在是重四者分工合作的。所以他说夫妇各有分职。夫妇分职
就是夫治外，妇掌内，用分工合作的方式，治理一切家庭的事。
但杨倞把分字解作人各有偶，实在欠解。况且荀子在《富国篇》
里又有分工合作的话。

兼足天下之道在明分。掩地表亩，刺屮殖谷，多粪肥田，
是农夫众庶之事也。守时力民，进事长功，和齐百姓，使人
不偷，是将率之事也。高者不旱，下者不水，寒暑和节而五
谷以时孰，是天下之事也。若夫兼而覆之，兼而爱之，兼而
制之，岁虽凶败水旱，使百姓无冻喂之患，则是圣君贤相之
事也。

三、感化说

荀子在政治上第一种主张与孔子相同的，就是感化说。不过孔子主张用德礼的纯粹感化，荀子却杂以刑治。所以荀子的感化说是带有一种严肃性的。荀子说：

> 故曰：君子以德，小人以力。力者，德之役也。百姓之力，待之而后功；百姓之群，待之而后和；百姓之财，待之而后聚；百姓之执，待之而后安；百姓之寿，待之而后长。（《富国篇》）

> 凡奸人之所以起者，以上之不贵义，不敬义也。夫义者，所以限禁人之为恶与奸者也。今上不贵义，不敬义，如是，则下之人百姓皆有弃义之志，而有趋奸之心矣，此奸人之所以起也。且上者，下之师也，夫下之和上，譬之犹响之应声，影之像形也。故为人上者不可不顺也。（《强国篇》）

> 凡人之动也，为赏庆为之则见害伤焉止矣。故赏庆、刑罚，执诈不足以尽人之力，致人之死。为人主上者也，其所以接下之百姓者无礼义忠信，焉虑率用赏庆、刑罚、执诈除阸其下，获其功用而已矣。大寇则至，使之持危城则必畔，遇敌处战则必北，劳苦烦辱则必犇，霍焉离耳，下反制其上。故赏庆、刑罚、执诈之为道者，佣徒粥卖之道也，不足以合大众，美国家。故古之人羞而不道也。故厚德音以先之；明礼义以道之；致忠信以爱之，尚贤使能以次之，爵服庆赏以申之，时其事、轻其任以调齐之，长养之，如保赤子。政令以定，风

俗以一，有离俗不顺其上，则百姓莫不敢恶，莫不毒孽，若
被不祥，然后刑于是起矣。是大刑之所加也。(《议兵篇》)

四、人治说

"其人存，则其政举；其人亡，则其政息"(见《中庸》)
是儒家重人治而不重法的话。这种主张，到荀子更鲜明异常。
荀子这种主张，虽是承继儒家遗产而来的，然而也因为他有了
轻天重人的观念。所以凡他一言一说，都有一种重人的精神。
荀子说：

> 国家失政则士民去之。无士则人不安居，无人则土不守，
> 无道法则人不至，无君子则道不举。故土之与人也，道之于
> 法也者，国家之本作也，君子也者，道法之总要也，不可少
> 顷旷也。得之则治，失之则乱；得之则安，失之则危；得之
> 则存，失之则亡。故有良法而乱者有之矣，有君子而乱者，
> 自古及今，未尝闻也。《传》曰："治生乎君子，乱生乎小人。"
> 此之谓也。(《致仕篇》)

> 有乱君，无乱国；有治人，无治法。羿之法 非亡也，
> 而羿不世中；禹之法犹存，而夏不世王。故法不能独立，类
> 不能自行，得其人则存，失其人则亡。法者，治之端也；君
> 子者，法之原也。故有君子则法虽省，足以遍矣；无君子则
> 法虽具，失先后之施；不能应事之变，足以乱矣。(《君道篇》)

五、礼义治国

孔子既唱感化说，又因时代的关系，所以不主张用刑与政去治理人民，而主张以德与礼感化人民。因为感化的目的，在引导人民行为的动机向善，而刑罚的目的，在惩罚人民实现行为的恶处。前者是从未然着手的，后者是从已然着手的。所以前者用德礼，后者用刑政，因为德礼是化人民犯法于未然的，而刑政是治人民犯法于已然的。所以孔子说：

> 道之以政，齐之以刑，民免而无耻；道之以德，齐之以礼，有耻且格。

荀子既效法孔子主张感化，当然也要效法孔子注重德与礼，而轻视刑与政了。不过荀子虽轻视刑，却不像孔子那么完全非刑。荀子还是主张在德礼感化不足以后，要用刑去补救的。所以他在孔子所说的德礼二字中间，把德字换作义字、不说德礼，而说礼义。这是什么原因呢？这是因为德是行道得之于心的意思，是一种直觉的或感情的行为。义是行而宜之的意思，是一种理性的行为，思想进展的倾向，是由直觉而理智的。荀子一方面受思想进展的倾向所使，一方面为应付实际环境起见，所以要主张用义。这样一来，孔子的感化说和荀子的感化说，就有些不同。孔子因为主用礼，成为一种纯粹感化主义。荀子因为主用礼义，就成为一种相对的感化主义。现在引荀子的话，证明他的礼义治国的主张：

> 彼国者亦有砥厉，礼义节奏是也。(《强国篇》) (这是礼义并说的话)

> 国无礼则不正。礼之所以正国也。譬之犹衡之于轻重也，犹绳墨之于曲直也，犹规矩之于方圆也。(《王霸篇》)

> 国家无礼则不宁。(《修身篇》) (以上单说礼)

> 故用国者，义立而王，信立而霸，权谋立而亡。三者，明主之所谨择也，仁人之所务白也。挈国以呼礼义而无以害之，行一不义、杀一无罪而得天下，仁者不为也。拵然扶持心、国，且若是其固也。之所与为之者之人，则举义士也；之所以为布陈于国家刑法者，则举义法也；主之所极然帅群臣而首乡之者，则举义志也。如是，则下仰上以义矣，是綦定也。綦定而国定，国定而天下定。仲尼无置锥之地，诚义乎志意，加义乎身行，箸之言语，济之日，不隐乎天下，名垂乎后世。今亦以天下之显诸侯诚义乎志意，加义乎法则度量，著之以政事，案申重之以贵贱杀生，使袭然终始犹一也。如是，则夫名声之部发于天地之间也，岂不如日月雷霆然矣哉！故曰：以国齐义，一日而白，汤、武是也。汤以亳，武王以鄗，皆百里之地也，天下为一，诸侯为臣，通达之属，莫不从服，无它故焉，以济义矣。是所谓义立而王也。德

虽未至也，义虽未济也，然而天下之理略奏矣。(《王霸篇》)

(以上单说义)

六、为政者先正其身

荀子既主感化又主人治，又主礼义，那么他必定和孔子一般，主张为政者应当先正其身的。因为既主感化，治民就不在用赏罚的律令，而在拿执政者自己的完全人格，做人民行为的模范。一方面可以使人民得以瞻仰威仪，一方面也可以使人民有所效法，但要做到这一层，为政者不得不对自身先行加一番修养的功夫，使自己的人格美满，这就是先正其身的意义。况且他所主张人治是主张完全人格的人治天下，所以他引《传》说："治生乎君子，乱生乎小人。"既主张人格完全的人治天下，那么，为政者应先正其身，更是一件要紧的事。至于以礼义治国，那么为政者更应当先正其身，因为礼义非法令可比，法令是有明文的，谁都可以拿它治天下。礼义是抽象的，全在执行的人用一种理性审察而行，方能发生效力。但是谁能用那理性审察而行呢？自然是完全人格的人方才可以。有这三个原因，所以荀子也和孔子一般，主张为政者先正其身。荀子说：

故君子务修其内而让之于外，务积德于身而处之以遵道，如是，则贵名起如日月，天下应之如雷霆。(《儒效篇》)

虽庶人之子孙也，积文学，正身行，能属于礼义，则归之卿相士大夫。（《王制篇》）

七、尚贤使能

尚贤使能，本是荀子三节说中的一节，三节说，将在后面叙述，这里本可不说的，但是尚贤使能的观念，在荀子政治思想中，实在占了一个重要的地位，所以特地拿出来讨论。尚贤使能，本是孔子的主张，论语有"举贤才"的话。所谓才就是能的意思。孔子主张举贤才的目的，因为惟贤者和能者，方能自己先正其身，执德以教化人民。荀子既和孔子一般，主张为政者先正其身，自然也要主张尚贤使能。所以他说：

请问为政：曰贤不能待次而举。

选贤良，举笃敬。（以上均《王制篇》）

人主之患，不在乎不言用贤，而在乎诚必用贤。（《致仕篇》）

请成相，世之殃，愚暗愚暗堕贤良。人主无贤，如瞽无相何伥伥！（《成相篇》）

尧让贤，以为民，氾利兼爱德施均。辨治上下，贵贱有等明君臣。尧授能，舜遇时，尚贤推德天下治。（同上）

八、三节说

荀子曾唱三节说以治国平天下。所谓三节就是"平政爱民""隆礼敬士""尚贤使能"。《王制篇》说：

> 选贤良，举笃敬，兴孝弟，收孤寡，补贫穷，如是，则
> 庶人安政矣。庶人安政，然后君子安位。《传》曰："君者，
> 舟也；庶人者，水也。水则载舟，水则覆舟。"此之谓也，
> 故君人者欲安则莫若平政爱民矣，欲荣则莫若隆礼敬士矣，
> 欲立功名则莫若尚贤使能矣，是君人者之大节也。三节者当，
> 则其余莫不当矣；三节者不当，则其余虽曲当，犹将无益也。

九、五论

荀子除了提倡三节说以外，还创立了五论，说明治国平天
下的法术。五论载在《成相篇》里，现在引述于后：

（一）"臣下职，莫游食，务本节用财无极。事业听上，莫
得相使一民力。守其职，足衣食，厚薄有等明爵服。利往卬上，
莫得擅与孰私得？"

（二）"君法明，论有常，表仪既设民知方。进退有律，莫
得贵贱孰私王？君法仪，禁不为；莫不说教名不移。修之者荣，
离之者辱孰它师？"

（三）"刑称陈，守其银，下不得用轻私门。罪祸有律，莫
得轻重威不分。请牧祺，明有基，主好论议必善谋。五听修领，
莫不理绩主执持。听之经，明其请，参伍明谨施赏刑。显者必
得，隐者复显民反诚。"

（四）"言有节，稽其实，信、诞以分赏罚必。下不欺上，皆以情言明若日。"

（五）"上通利，隐远至，观法不法见不视。耳目既显，吏敬法令莫敢恣。"

以上的话词意都很明白，用不着再加以申述。

十、重法

荀子书中所说的法字的意义，和法家所说的法字的含义不同。法家所说的法字的意义范围很小，仅指法令一端说，荀子所说的法字的意义，范围很大，凡一切规矩方圆的范畴，和过去现在的实例，都可以叫作法，所以这个法字的意义与礼字的意义相差不远。荀子重法，就是要我们无论治国行事，都要拿过去现在的实例和规矩方圆的制度为标准，不可漫无头绪，乱干一顿。荀子为什么重法呢？因为他是一个笃实的学者，事事主张经验与实证的。凡是合乎经验和可以实证的事，荀子方才肯去做的。如果是空洞而玄虚的事，他是不干的。法是过去现在的实例，和规矩方圆的范畴，自然是合乎经验和可以实证的。所以荀子的用法，是拿法来做我们做事的标准的，不是拿法来惩治人民的罪恶的，我们并不能因为荀子重法，就说他和法家一般，也是主张重刑法的。虽然在事实上，荀子和孔子不同，除了拿礼仪化民以外，也还主张用刑补救礼仪的不足；然而刑是刑，法是法，荀子的主用刑，下面另有一节叙述。我们在此不可以将刑和法混为一谈。《修身篇》说：

人无法，则伥伥然；有法而无志其义，则渠渠然；依乎法而又深其类，然后温温然。

故非礼，是无法也；非师，是无师也。不是师法而好自用，譬之是犹以盲辨色，以声辨声也。舍乱安无为也。故学也者，礼法也。夫师，以身为正仪而贵自安也。

"不是师法而好自用，譬之是犹以盲辨色，以聋辨声也"，这明明是说如不用范畴实例，为做事的标准，那么做起来就等于"以盲辨色，以聋辨声，"只有错误，怎能得出真理呢？所以《儒效篇》又说：

故人无师无法而知则必为盗，勇则必为贼，云能则必为乱，察则必为怪，辩则必为诞。人有师法而知则速通，勇则速威，云能则速成，察则速尽，辩则速论。故有师法者，人之大宝也；无师法者，人之大殃也。人无师法则隆性矣，有师法则隆积矣。

所谓隆积，也是注意过去的经验的意思，经验是和法则相等的东西。所以他又在《荣辱篇》说：

有其法者，以法行；无其法者，以类举，听之尽也。

这是说有了范畴与实例，我们就依照范畴与实例做去；如果没有范畴与实例，我们就可以在经验当中，先求一贯的条理，然后拿这一贯的条理，做行事的标准。

十一、用刑

荀子书中的法字，虽不是指刑法说的，然而荀子确是主张用刑罚，裁制人民的行为，补救礼义感化的不足的。不过刑在荀子学说中，不占重要的位置，但是我们却不能因为他所说的刑，在他的学说中，所占的位置小，就放弃不叙述。因为这是思想的痕迹，有了荀子的主用刑，才可以知道孔子不主用刑，法家主重用刑是思想向前进展的一种必然的趋势。荀子既认为刑是一种补救礼义不足的工具，自然要先教而后行，就是先施之以礼义的教化，如有不受教化的，然后再加以刑罚，所以他说：

> 不教而诛，则刑繁而邪不胜。(《富国篇》)
>
> 有不由令者，然后诛之以刑。(《议兵篇》)
>
> 邪民不从，然后俟之以刑。(《宥坐篇》)

荀子既主张用刑，补救礼义的不足，凡不受教化的，都应当施以刑罚，那么，他当然反对那不受教化的人，不加以刑罚的。所以他说：

教而不诛，则奸民不惩。（《富国篇》）

但他又反对滥用刑。《致仕篇》说：

赏不欲僭，刑不欲滥，赏僭则利及小人，刑滥则害及君子。若不幸而过，宁僭无滥；与其害善，不若利淫。

荀子既主张用刑，那么所用的刑是什么刑呢？是肉刑。荀子是主张用肉刑，而反用象刑的。他在《正论篇》里说：

世俗之为说者曰："治古无肉刑而有象刑：墨黥；慅婴；共，艾毕；菲，对屦；杀，赭衣而不纯。治古如是。"是不然。以为治耶？则人固莫触罪，非独不用肉刑，亦不用象刑矣。以为人或触罪矣，而直轻其刑，然则是杀人者不死，伤人者不刑也。罪至重而刑至轻，庸人不知恶矣，乱莫大焉！凡刑人之本，禁暴恶恶，且征其未也。杀人者不死而伤人者不刑，是谓惠暴而宽贼也，非恶恶也。故象刑殆非生于治古，并起于乱今也。治古不然。凡爵列、官职、赏庆、刑罚，皆报也，以类相从者也。一物失称，乱之端也。夫德不称位，能不称官，赏不当功，罚不当罪，不祥莫大焉！昔者武王伐有商，诛纣，断其首，县之赤斾。夫征暴除悍，治之盛也。杀人者死，伤人者刑，是百王之所同也。未有知其由来者也。刑称罪则治，不称罪则乱，故治则刑重，乱则刑轻。

十二、法后王

荀子虽然主张法治，根据规矩方圆的范畴，和过去现在的实例做事，但他认为这种范畴与实例，是带有时间与空间性的。所以凡离古太远的范畴与实例，我们不能够效法。因此他就主张法后王，而不法先王。现在分条叙述他法后王的意义。

（一）法后王的理由。

因为荀子是主张归纳的推理的，所以他认为大凡求知识都要以近知远，以有知无，以经验知未经验。法后王，就是应用他的以近知远的原理，求知先王之道。为什么要从后王，去求知先王之道呢？因为先王的时代，离现在太远，因此先王之道，也因久远无从稽考。后王之世，离现在较近，后王的道，也因近而可以稽考，再由后王的道，去推论先王的道，自然更容易了。所以荀子主张法后王，《非相篇》说：

圣王有百，吾孰法焉？故曰：文久而息，节族久而绝，守法数之有司极礼而褫。故曰：欲观圣王之迹，则于其粲然者矣，后王是也。彼后王者，天下之君也。舍后王而道上古，譬之是犹舍己之君而事人之君也。故曰：欲观千岁则数今日，欲知亿万则审一二，欲知上世则审周道，欲知周道则审其人所贵君子。故曰：以近知远，以一知万，以微知明。此之谓也。

　　但是为什么由近就可以知远，由一就可以知万，由微就可以知明呢？这是因为凡经验的事物，其中都有一贯的条理，虽时间空间不同，然而都是一样的。所以能在经验的事物当中，求出一贯的条理，然后根据这一贯条理去推论，任何事情都可以知道的。所以孔子说：

　　　　殷因于夏礼，所损益可知也；周因于殷礼，所损益可知也；其或继周者，虽百世可知也。

荀子骂那主张古今异理的人为妄人，说：

　　　　夫妄人曰："古今异情，其以治乱者异道。"而众人惑焉……（同上）

　　（二）法后王的目的。

　　后来的人，都有一种误会，就是以为荀子法后王，是主张用后王的道为治国平天下的标准，而排斥先王的道。这是太没有见识了。要知道荀子主张法后王，不但不是排斥先王的道，实在是借后王的道，以探求先王的道的。为什么要探求先王的道呢？因为先王的道，实在是一种王道，用来治国平天下，国家天下没有不治的。不过先王时代离荀子时代太远，一切政令制度，都早已无形地湮没了，欲法而无从法，因此荀子不得已

乃主张法后王，从后王的道当中去探求先王的道，等到探得先
王的道以后，就用先王的道，去治国平天下。所以荀子在书中
常常说道尧、舜、禹、汤等人。《非相篇》说：

> 五帝之外无传人，非无贤人也，久故也。五帝之中无传政，
> 非无善政也，久故也。禹、汤有传政而不若周之察也，非无
> 善政也，久故也。传者久则论略，近则论详，略则举大，详
> 则举小。愚者闻其略而不知其详，闻其详而不知其大也，是
> 以文久而灭，节族久而绝。

这是说先王的道，因时间远久必定湮没。

> 上古难知，其模式则在后代之圣王，后代之圣王，彼固
> 可知其上古者也。
>
> 文王之道，如伏羲，由之者治，不由者乱，何疑为？

这是说从法后王就可以知道先王的道。

（三）后王是什么王。

杨倞注荀子认为后王就是当时的王。这无乃把后王两个字
看得太呆板了。我们从他法后王的目的去推论，知道荀子所法
的后王，不是荀子当代的王，而是在先王以后的能用先王的道
治国平天下的人。这样的人，到底是谁呢？当然是周朝初始的

那几位君王。因为周朝初始的那几位君王，实在是圣人君子，他们的政令制度，与先王的道，并没有多大的差异，并且他们这些人，实在不是荀子那个时代的君王所能及的。荀子要取法的是他们，而不是当时的君王。所以他说：

> 欲知上世，则审周道；欲知周道，则审其人。

况且荀子在《正名篇》里又说过：

> 今圣王没。

这更可以证明他所法的后王，不是当时的王了。因为当时的王，决不是圣王，而他所要法的，却是圣王。所以他说：

> 上古难知，其模式则在后代之圣王，后代之圣王，彼固可知其上古者也。

我们何以见得当时的王，不是圣王呢？因为太史公《荀卿列传》说过：

> 荀卿嫉浊世之政，亡国乱君相属，不遂大道，而营于巫祝……

荀子当时的政治，既是浊世的政治，当时的君王，又是乱君，这自然够不上说是圣王。既不是圣王而是乱君，这自然不能使荀子倾心醉倒地效法他。

十三、非争夺的战争

荀子既提倡感化政治，那么对于非战，自然是一种必然的主张；但他又主张用刑补救礼义的不足，这样说起来，岂不是他又主张战争了吗？所以我们并不能说荀子是绝对地主张非战的，也不能说他是绝对地主张战争的。只可说他因为主张感化说，所以反对争夺的战争，因为争夺的战争是违背感化的原则的；因为主张用刑补救礼义的不足，所以又主张除暴乱的战争，因为除暴乱的战争，就是执行刑罚，补救礼义不足的。所以他说：

> 力术止，义术行。(《强国篇》)
>
> 彼兵者，所以禁暴除害也，非争夺也。(《议兵篇》)
>
> 王夺之人，霸夺之与，强夺之地。夺之人者臣诸侯，夺之与者友诸侯，夺之地者敌诸侯。臣诸侯者王。友诸侯者霸，敌诸侯者危。用强者，人之城守，人之出战，而我以力胜之也，则伤人之民必甚矣。伤人之民甚，则人之民恶我必甚矣；人之民恶我甚，则日欲与我斗。人之城守，人之出战，而我以力胜之，则伤吾民必甚矣。伤吾民甚，则吾民之恶我必甚矣；吾民之恶我甚，则日不欲为我斗。人之民日欲与我斗，吾民

日不欲为我斗，是强者之所以反弱也。地来而民去，累多而功少，虽守者益，所以守者损，是以大者之所以反削也。诸侯莫不怀交接怨而不忘其敌，伺强大之间，承强大之敝，此强大之殆时也。知强大者不务强也。（《王制篇》）

十四、节用裕民

孔子谈政治，只说了一句节用，并没有说什么裕民。但是自孔子而后孟子荀子等人，一谈到政治问题，就少不了谈经济问题，一谈到经济问题，就在孔子的节用上，加上裕民一个主张。所以孔子只说："敬事而信，节用而爱民。"孟荀等人除说"节用而爱民"的话以外，还说"五亩之宅，树之以桑，五十者可以衣帛矣……斧斤以时入山林，材木不可胜用也。"这是孟荀的政治思想，渐渐趋向功利主义的路途上去了。

但是我们要问：为什么孟荀等人，要在孔子的节用上，加上裕民的一点呢？根据本篇前面的话，当然是时代的社会经济组织不同的缘故。孔子时代的社会经济组织，我早已说过了，还是刚蜕化的原始共产社会的经济组织，至于孟子，尤其是荀子的时代的社会经济组织，那就不同了，财产私有制度已经确定了。所以孟荀等人，天天高唱恢复古代的井田制度，恢复原始共产社会的社会经济组织。但时代到了这个时候，再也恢复不起来了，因此，他们为救急起见，不得不另外想出裕民的一种办法，暂为补救，使人民经济不会受贫富不均的祸患。所以荀子在《富国篇》说：

　　足国之道，节用裕民而善臧其余。节用以礼，裕民以政。彼裕民，故多余。裕民则民富，民富则田肥以易，田肥以易则出实百倍。上以法取焉，而下以礼节用之，余若丘山，不时焚烧，无所臧之，夫君子奚患乎无余？故知节用裕民，则必有仁义圣良之名，而且有富厚丘山之积矣。此无它故焉，生于节用裕民也。不知节用裕民则民贫，民贫则田瘠以秽，田瘠以秽则出实不半，上虽好取侵夺，犹将寡获也，而或以无礼节用之，则必有贪利纠譑之名，而且有空虚穷乏之实矣。此无它故焉，不知节用裕民也。《康诰》曰："弘覆乎天，若德裕乃身。"此之谓也。

现在来叙述荀子主张节用和裕民的方法：

（一）节用：所谓节用是要为上者节用，不是要人民节用，这点我们是要预先明了的。荀子主张节用的方法：

1. 主张减少不生产而只能消费的人。他说：

　　士大夫众，则国贫；工商众，则国贫。（《富国篇》）

2. 要节俭。他说：

节用以礼。（同上）

所谓节用以礼，就是要节俭的意思。孔子曾经说过："礼，与其奢也，宁俭。"

3. 要长虑顾后。这就是要励行储蓄的意思。他说：

人之情，食欲有刍豢，衣欲有文绣，行欲有车马，又欲夫余财积蓄之富也，然而穷年累世不知不足，是人之情也。今人之生也，方知蓄鸡狗猪彘，又蓄牛羊，然而食不敢有酒肉；余刀布，有困窌，然而衣不敢有丝帛；约者有筐箧之藏，然而行不敢有车马。是何也？非不欲也，几不长虑顾后而恐无以继之故也。于是又节用御欲，收敛蓄藏以继之也，是于己长虑顾后，几不甚善矣哉！（《荣辱篇》）

（二）裕民：裕民的方法：

1. 节用，节用是说为上者要节用，这话已经在前面说过。如果上能节用，自然可以减轻人民的负担，因为上面的用费，都是由于人民所供给的。上能节用，人民就可减轻负担，人民负担轻，财富自然可以充裕了。

2. 废除苛捐杂税。《富国篇》说：

轻田野之税，平关市之征。

今之世而不然：厚刀布之敛以夺之财，重田野之税以夺之食，苛关市之征以难其事。

3．取用以时。《王制篇》：

故养长时则六畜育，杀生时则草木殖，政令时则百姓一，贤良服。圣王之制也，草木荣华滋硕之时，则斧斤不入山林，不夭其生，不绝其长也；鼋鼍、鱼鳖、鳅鳣孕别之时，罔罟毒药不入泽，不夭其生，不绝其长也；春耕、夏耘、秋收、冬藏四者不失时，故五谷不绝而百姓有余食也；污池、渊沼、川泽谨其时禁，故鱼鳖优多而百姓有余用也；斩伐养长不失其时，故山林不童而百姓有余材也。圣王之用也，上察于天，下错于地，塞备天地之间，加施万物之上……

4．修农教。

相高下，视肥硗，序五种，省农功，谨蓄藏，以时顺修，使农夫朴力而寡能，治田之事也。（同上）

5．开富源。

修火宪，养山林薮泽草木鱼鳖百索，以时禁发，使国家

足用而财物不屈，虞师之事也。（同上）

6. 使民有积畜。

潢然使天下必有余，而上不忧不足……故田野荒而仓廪实，百姓虚而府库满，夫是之谓国蹷。（《富国篇》）

十五、论君臣

荀子的政治思想，除前所述的诸点以外，还有论君论臣等理论，很可以引起我们研究的兴趣的，现在一一叙述于后。

（一）论君

荀子有《君道》一篇，长数千言，在这篇文章里面我们知道荀子论君是拿一种民权思想做立场的。所以他不把君统于天之下，如《春秋》所记"以天统君者"；而把君统于人民之下，如孟子所说"民为贵，君为轻"，思想相同。但是我们要问，为什么荀子就有这种思想呢？这是因为他存有一种轻天重人的观念，关于这点，已在天论节叙述过，无容再说。

荀子把君比作一种流泉的源，和盛水的盘盂，而把人民比作泉与水。泉与水，视源与盘盂而定其清浊方圆，人民视君的教化而定其善恶。《君道篇》说：

君者，民之原也，原清则流清，原浊则流浊。

"君者，仪也，仪正而景正；君者，槃也，槃圆而水圆；君者，盂也，盂方而水方。"这是什么意思呢？这是说，君的责任是在执礼义以教化人民的。如果君能执礼义以教化人民，那么人民的行为必善，而君可算尽了他的职责。如果不能执礼义以教化人民，那么人民的行为必恶，这样为君的算是没有尽了他的职责。在这种言辞里，我们知道荀子不是崇拜君主的地位，而是加重君主的责任的。所以荀子接着又说：

> 道者何也？曰：君道也。君者何也？曰：能群也。能群也者何也？曰：善生养人者也，善班治人者也，善显设人者也，善藩饰人者也。善生养人者，人亲之；善班治人者，人安之；善显设人者，人乐之；善藩饰人者，人荣之。四统者俱而天下归之，夫是之谓能群。不能生养人者，人不亲也；不能班治人者，人不安也，不能显设人者，人不乐也；不能藩饰人者，人不荣也。四统者亡而天下去之。

所谓"天下去之"，是说君不能尽他的四统的职责，天下的人民，可以把这个失职的君主驱逐了去，另外选不会失职的人来做君。这可见荀子是把君当作人民的公仆，完全是为人民服务，为人民谋幸福的。也可以证明前面所说的荀子是拿民权思想做立场论君的话不错，除了这两节以外，还有《王制篇》里一段话，也可以证明荀子论君是以民权思想为立场的。

《传》曰："君者，舟也；庶人者，水也。水则载舟，水
则覆舟。"此之谓也。

水可以载舟，也可以覆舟，而君等于舟，民等于水，那么
民也可以载君，也可以覆君了。所谓载就是选他做君的意思，
所谓覆就是君不能尽职，罢免他的君权的意思。所以载覆二字
的意义，和今日选举罢免的意义相同。这完全是一种民权思想。

荀子既和孟子一般，轻君重民，那么对于君的个人，自然
看不起，所看得起的，是君道。所谓君道，就是一种凡为君的
人，应当要用来治理天下的方法。一个国家的兴亡，要看他的
君主能否应用他必需的方法去治国，如果不能应用那必需的方
法去治国，这就是道亡了。君道亡了，虽然有一个君在上，国
家也定要败亡的。所以他说：

道者，何也？曰：君道也……故曰：道存则国存，道亡
则国亡。

君道是怎样的呢？他说君道有六点：一叫作隆礼守法；二
叫作尚贤使能；三叫作分工合作；四叫作用公；五叫作不可暗
不可独断，不可孤；六叫作因材而使。这六种载在他的《君道
篇》里，因篇幅关系，不能完全引述出来。现在引他一段总论

在后面，想读者读了也可以知道一个大概。

　　至道大形，隆礼至法则国有常，尚贤使能则民知方，纂论公察则民不疑，赏克罚偷则民不怠，兼听齐明则天下归之。然后明分职，序事业，材技官能，莫不治理，则公道达而私门塞矣，公义明而私事息矣。如是，则德厚者进而佞说者止，贪利者退而廉节者起。《书》曰："先时者杀无赦，不逮时者杀无赦。"人习其事而固，人之百事如耳目鼻口之不可以相借官也，故职分而民不探，次定而序不乱，兼听齐明而百事不留。如是，则臣下百吏至于庶人莫不修己而后敢安正，诚能而后敢受职，百姓易俗，小人变心，奸怪之属莫不反悫，夫是之谓政教之极。故天子不视而见，不听而聪，不虑而知，不动而功，块然独坐而天下从之如一体，如四肢之从心。夫是之谓大形。《诗》曰："温温恭人，维德之基。"此之谓也。

（二）论臣

　　荀子对于臣的观念，认为是君的一种辅助治理天下的人。并不像另外一班人，认为臣是君的奴役，君可以自由处治的。所谓"君要臣死，臣不得不死"。荀子认为臣对于君，凡志同道合，就共同治理天下，如果道不同，就不相为谋，可以挂冠而去。并没有说臣应为君而死的话，不单没有这种话，并且他

还反对那班主张臣为君而死的人。所以他斥责史猷以"不能进
蘧伯玉，退弥子瑕"，乃以尸谏说："如盗也。"又说：

> 君有过谋过事，将危国家、殒社稷之惧也，大臣父兄有
> 能进言于君，用则可，不用则去，谓之谏。
>
> 迫胁于乱时，穷居于暴国，而无所避之，则崇其美，
> 扬其善，违其恶，隐其败，言其所长，不称其所短，以为成俗。
> 《诗》曰："国有大命，不可以告人，妨其躬身。"此之谓也。

荀子对于臣的观念还有一点我们要注意的，就是臣对于
君，只有行政系统上的关系，就是臣是君的辅佐，至于所做的
事，并不是以君一个人为对象的，是以天下人民的利益幸福为
对象的。所以他说：

> 内足使以一民，外足使以距难，民亲之，士信之，上忠
> 乎君，下爱百姓而不倦，是功臣者也。
>
> 故谏、争、辅、拂之人，社稷之臣也。（以上均《臣道篇》）

从这两点去说，荀子论臣也是别开生面，不是一种顽固思
想的论调。荀子论臣尚有许多话，因为过于碎屑，所以从略。

荀子虽是传孔学最忠实的人，然而因为时代的关系，荀
子的政治思想比较孔子的政治思想复杂得多。所以荀子虽处

处仿效孔子，然而还有许多是他自己特创，与孔子不相同的地方。例如孔子主德礼治，荀子则主礼义治。孔子主不用刑，荀子则主用刑等。至于这些问题所以不同，已在前面说过，用不着再说。

议兵

　　荀子有《议兵》一篇，这篇所说的话，完全是关于用兵、为将、军制等重要的理论。荀子论兵虽没有像兵家一般，说的详尽，然而《议兵篇》的话，也是荀子学说的一部分，现在既来研究荀子学说，那么这一部分的学说，自然不能忽视。况且荀子论兵，和兵家不同。荀子论兵，常说兵以仁义为本，这完全是站在儒家政治的感化主义的立场说的话。所以荀子论兵，表面上，似乎是主战的，但实际上他是非战的。所以他对临武君问王者之兵的话不答，只说：

　　　　凡在大王，将率末事也。臣请遂道王者诸侯强弱存亡之效，安危之执：君贤者其国治，君不能者其国乱；隆礼贵义者其国治，简礼贱义者其国乱。治者强，乱者弱，是强弱之本也。上足印，则下可用也；上不印，则下不可用也。下可用则强，下不可用则弱，是强弱之常也。隆礼效功，上也；重禄贵节，次也；上功贱节，下也：是强弱之凡也。好士者强，不好士者弱；爱民者强，不爱民者弱；政令信者强，政令不信者弱；民齐者强，民不齐者弱；赏重者强，赏轻者弱；刑威者强，刑侮者弱；械用兵革攻完便利者强，械用兵革窳楛不便利者弱；重用兵者强，轻用兵者弱；权出一者强，权出二者弱：是强弱之常也。

关于这点，我们应当预先明了，不然恐怕会误会荀子也是主张无端战争的人。现在分叙荀子论兵的话：

一、兵的用处：普通一般人，都把兵的用处的范围，扩充的很大，除了除暴制乱，保境安民以外，还要争夺。所谓争夺，就是无故攻取他国的城池，俘虏他国的人民，以属于自己的国家，这种争夺的战争，是越礼犯分的。荀子是主张安分守礼的人，自然不主张争夺，所以他对于兵的用处，只认为是禁暴除害的。《议兵篇》荀子答弟子陈嚣说：

彼兵者，所以禁暴除害也，非争夺也。

二、用兵的法术：第一主张人和。荀子讲学，处处离不了人，这点我们是要注意的。荀子论用兵也主张人和。所谓人和，就是壹民。所谓壹民，就是使士民亲善，而附君上的意思。换句话说，战争第一要使国内的士民，归附君上，团结一致，抵抗敌人，以收万众一心的功效。这和他家谈论用兵，在上得天时，下得地利，乘敌人的虚弱变动，或没有防备，暗袭敌人不同。所以：

> 临武君对曰："上得天时，下得地利，观敌之变动，后之发，先之至，此用兵之要术也。"孙卿子曰："不然。臣所闻古之道，凡用兵攻战之本在乎壹民。弓矢不调，则羿不能以中微；六马不和，则造父不能以致远；士民不亲附，则汤、武不能以必胜也。故善附民者，是乃善用兵者也。故兵要在乎善附民而已。"

荀子为什么对于用兵，只主张人和呢？这是因为他所说的是仁人的兵，所以：

> 临武君曰："不然。兵之所贵者势利也，所行者变诈也。善用兵者，感忽悠暗，莫知其所从出，孙、吴用之，无敌于天下，岂必待附民哉！"孙卿子曰："不然。臣之所道，仁人之兵，王者之志也。"

凡仁人的兵，只要人和就够了，用不着什么势利变诈的。因为仁人之兵，是不可诈的。如果有人家拿诈术施于"仁人之兵"，不但不能取胜，反要遭败北的。为什么呢？因为仁人治国，君臣上下，一德一心，没有"滑然离德"的人。百将同心，三军同力，虽有诈术到来，也是没有用的，并且仁人治国，以礼义教化人民，故敌国的人民，因为自己的君主暴虐，不愿和自己的君主共生共死，故对于仁人，"欢之若父母，劳之若椒兰，必将来告"。还会欺诈吗？所以荀子说：

> 仁人之兵，不可诈也。彼可诈者，怠慢者也。路亶者也，君臣上下之间滑然有离德者也。故以桀诈桀，犹巧拙有幸焉，以桀诈尧，譬之若以卵投石，以指挠沸，若赴水火，入焉焦没耳……且夫暴国之君，将谁与至哉？彼其所与至者，必其民也。而其民之亲我欢若父母，其好我芬若椒兰；彼反顾其上则若灼黥，若仇雠。人之情，虽桀、跖，岂又肯为其所恶，贼其所好者哉！是犹使人之子孙自贼其父母也，彼必将来告，夫又何可诈也？

三、用兵的法术：第二主张齐。为什么主张齐呢？因为对于用兵，荀子既不主张变诈，自然要用齐以济之。怎样叫作齐呢？就是拿礼义教化人民，使人民与君上一心一德。荀子说：

> 礼义教化，是齐之也。故以诈遇诈，犹有巧拙焉；以诈遇齐，辟之犹以锥刀堕太山也，非天下之愚人莫敢试。故王

者之兵不试。汤、武之诛桀、纣也，拱挹指麾而强暴之国莫
不趋使……故兵大齐则制天下，小齐则治邻敌。若夫招近募
选，隆执诈，尚功利之兵，则胜不胜无常，代翕代张，代存
代亡，相为雌雄耳矣。夫是之谓盗兵，君子不由也。故齐之
田单，楚之庄蹻，秦之卫鞅，燕之缪虮，是皆世俗之所谓善
用兵者也；是其巧拙强弱则未有以相君也，若其道一也，未
及和齐也，搞契司诈，权谋倾覆，未免盗兵也。齐桓、晋文、
楚庄、吴阖闾、越勾践，是皆和齐之兵也，可谓入其域矣，
然而未有本统也，故可以霸而不可以王。是强弱之效也。

以上所说的是荀子论用兵的话。现在再叙述荀子论为将的
话。他认为凡是做一个将官者，要慎行六术、五权、三至，而
处之以恭敬五无圹。如果能够如此，才是名将，可通于神明。
怎样叫作六术呢？他说：

知莫大乎弃疑，行莫大乎无过，事莫大乎无悔。事至无
悔而后止矣，成不可必也。故制号政令欲严以威；庆赏刑罚
欲必以信；处舍收藏欲周以固；徙举进退欲安以重，欲疾以速；
窥敌观变欲潜以深，欲伍以参；遇敌决战必道吾所明，无道
吾所疑；夫是之谓六术。

怎样叫作五权呢？他说：

无欲将而恶发，无急胜而忘败，无威内而轻外，无见其利而不顾其害，凡虑事欲孰而用财欲泰，夫是之谓五权。

怎样叫作三至呢？他说：

所以不受命于主有三：可杀而不可使处不完；可杀而不可使击不胜，可杀而不可使欺百姓；夫是之谓三至。

怎样叫作恭敬五无圹呢？他说：

凡百事之成也必在敬之，其败也必在慢之。故敬胜怠则吉，怠胜敬则灭；计胜欲则从，欲胜计则凶。战如守，行如战，有功如幸。敬谋无圹，敬事无圹，敬吏无圹，敬众无圹，敬敌无圹：夫是之谓五无圹。

现在再来叙述荀子论军制的话。所谓军制，就是战争时候应守的纪律。临武君请问王者的军制，他说：

一、"将死鼓，御死辔，百吏死职，士大夫死行列。闻鼓声而进，闻金声而退，顺命为上，有功次之。令不进而进，犹令不退而退也，其罪惟均。"

二、"不杀老弱，不猎禾稼。"

三、"服者不禽，格者不舍，犇命者不获。"

四、"凡诛，非诛其百姓也，诛其乱百姓者也。百姓有扞
其贼，则是亦贼也。"

五、"以故顺刃者生，苏刃者死，犇命者贡。"

六、"王者有诛而无战，城守不攻，兵格不击。上下相喜
则庆之。"

七、"不屠城，不潜军，不留众，师不越时。"

以上认为将军制的话，语意都很明白。所以没有加以申述。

荀子论兵，常说兵要以仁义为本，但到底怎样才能做到这
层呢？他说要治国以礼。如果能够治国以礼，那么不单用兵能
以仁义为本，并且兵也没有用了。他说：

> 礼者，治辨之极也，强国之本也，威行之道也，功名之
> 总也。王公由之，所以得天下也；不由，所以陨社稷也。故
> 坚甲利兵不足以为胜，高城深池不足以为固，严令繁刑不足
> 以为威，由其道则行，不由其道则废。

荀子这种论兵的论调，拿现代的眼光看起来，自然是迂腐
之谈，不切事实的。然而在今日战云弥漫的中国，如果有人提
倡这种话，未尝不是一种别开生面的话。所以我们不敢希望此
道之行，也不敢希望此道不行。

十二　解蔽

《解蔽篇》是荀子的认识论。荀子《解蔽篇》里的思想，实在是中国先秦时代的一种独创的思想。可惜后来的学者，都没人注意。现在既来研究荀子的学说，对于荀子这种空前的独创的认识论，自然不能不下一番苦心，把其研究出来，介绍于国人，现在分条引述于后：

一、显像与物体：在未叙述这节的意义以前，对于显像与物体这两个名词，应当先下一个定义。

显像是什么？是由人感觉（Perceive）物所得的形态。伯洛德（C.D.Broad）称其作"感的现象（Sensible appearance）"。

物体是什么？是物的实体，也就是物的本来的形状。伯洛德称其作物的本形（Physical reality）。

对于显像与物体的问题的解答，在我国先秦时代，恐只

有荀子一人，（或者还有他人，不过我现在还未发现。）在西洋
却有实在论派与观念论派两派的人。为使读者对于本问题容易
明了起见，请先略述西洋的实在论与观念论两派对于显像与物
体的解答。兹先述：

观念论派论显像与物体：这派因为认定世间完全没有所
谓的物质，世界的一切，只是心的观念所构成的，所以他们主
张我们感觉的对象，并不能单独存在。照这样说来，观念论派
是主张根本没有物体，既根本没有物体，那么，物体的真假问
题，当然用不着讨论；至于显像，事实上任何人不能说是没有
的。所以观念论派也主张我们感觉的对象，有一种显像。这种
东西，是我们感觉所能直接认识的。可以叫作"感觉与料（Sense
data）"。颜色、声音、香味、坚硬、凹凸等，都是。不过观念
论派认为，这种东西，是心的一种幻像，而不是物的真相。这
种东西，不但不能代表物，甚而它自己也是假的。这是观念论
派的主张。

至于实在论派论显像与物体，就与观念论派不同了。他们
虽然认为我们不能直接认识物体，但是世界上确是有真的物体
单独存在的。所以我们感觉的对象，是能单独存在的。不过我
们能直接感觉的，不是物的真相，而是物的一种显像。显像是
实体背后的一种东西，这样东西，观念论派认为是虚幻的，而
实在论派，却认为是真实的。它虽不能代表物体的真相，然而
由这种显像，我们可以有法子知道世间有实体的东西。所以观

念论派所说的显像是要受心牵制的；而实在论派所说的显像，只是与心有一半关系的。这段话是新实在论派的理论，并非朴素的实在论的理论。

前面两派的理论已略述过了，现在来引述荀子的主张。不过要预先申明的是，荀子并没有显明地对于这两点加以讨论，只有一段概括的话，所以我们只有从他的言词中，用分析法，分析出来，方能表现出他的主张。现在先叙述他的话：

> 凡观物有疑，中心不定，则外物不清，吾虑不清，则未可定然否也。冥冥而行者，见寝石以为伏虎也，见植林以为后人也，冥冥蔽其明也。醉者越百步之沟，以为跬步之浍也，俯而出城门，以为小之闺也，酒乱其神也。厌目而视者，视一以为两；掩耳而听者，听漠漠而以为哅哅，执乱其官也。故从山上望牛者若羊，而求羊者不下牵也，远蔽其大也；从山下望木者，十仞之木若箸，而求箸者不上折也，高蔽其长也。水动而景摇，人不以定美恶，水执玄也。瞽者仰视而不见星，人不以定有无，用精惑也。

从这段话去分析，我们知道荀子对于物体的主张，与实在论派的主张是相同的。荀子也是认为世界是真有物这样东西的。所以我们的感觉对像，也是独立存在的。至于对于显像的问题，我们可以说荀子的主张是和前两派都不同，也可以说是兼前两派而有的。因为荀子在这段话里，似乎是认为显像有两种：一是真的，一是假的。真的是物体所固有的，假的却是我们心幻变的。如同月只有一个真像，如果把我们的眼睛压起来看，那么就好像月有两个像，但后面这种像却是幻变的。所以荀子说石所以变为虎，林所以变为树，百步之沟所以变为半步的浍等，都不是物体所固有的显像，都是由于我们的心有所蔽而起的幻像。实在论派对于物的第二像，如圆的铜元，有椭圆形的形状，认为是铜元的实像；而荀子却认为椭圆形是假像，这是荀子和实在论派不同的地方。观念论派和实在论派根本相反，他认为铜元的椭圆形也是虚幻的。而荀子却又承认铜元的圆形是实像。所以这又是荀子和观念论派不相同的地方。不过从整个来说，荀子虽和两派不同，但在各派所主张的各点当中，都有些相同之处。所以我敢说，荀子对于显像的主张是兼前两派的理论而有的。

以上是叙述荀子论显像的话。现在来叙述他论物体。我已在前面说过荀子对于物体的主张，是与实在论派相同的。但是有何根据呢？我们可以说根据下列一段文章。

故从山上望牛者若羊，而求羊者不下牵也，远蔽其大也；从山下望木者，十仞之木若箸，而求箸者不上折也，高蔽其长也。

因为牛虽然变了一只羊,但羊是假的,而牛是真的。真的是有的,况且牛虽被远蔽了它的大,变了一只羊,然而这是显像上的幻变,并不是实体上的变更。所以牛终不因远蔽了它的大失其为牛的存在,牛终归还是一只牛;在远的虽看见它是一只羊,然而在近的仍旧看见它是一只牛,所以求羊的人,不会下来牵羊的。从这段文章去研究,我们可以知道荀子是主张物体独立存在的。况且荀子又说过:

> 心亦如是矣。故导之以理,养之以清,物莫之倾。
>
> 虚壹而静,谓之大清明。万物莫形而不见,莫见而不论,莫论而失位。

都是表示心和物,彼此都是独立的。假如他是认为只有心而没有物的,那就是万物唯心了。那么物在心的里面,是心的一部分,这样物怎样还能倾心呢?并且物果真是心的一部分,那么物就是心。心就用不着等到大清明以后方能见万物了。所以从这点来说,我们又可以知道荀子是主张物体是离心而独立存在的。

二、认识发生的程序:从荀子的原意去研究,我们知道荀子所说认识发生的程序,恰与佛家唯识论的理论相吻合。简略的话,已在荀子正名论当中,"所缘以同异"一段里叙述过。现在为使读者容易明了荀子的认识论起见,再来详细地叙述一番。佛家分心为八识，眼、耳、鼻、舌、身、意为前六识，末那识为第七识，阿赖耶为第八识。前六识都各有根，叫作眼根、耳根、鼻根、舌根、身根、意根。但前五识须受第六识的主宰，所以第六识较前五识更为重要。至于认识的发生，据佛家的意思是前五根——根就是净色根，净色根就是现在生理学上所说的视神经、听神经等，与外尘相对,而由第六意识的加入来分别，方能发生。所以意识的力量较大,佛家称呼这个叫作五俱意识。荀子也认为我们的五官及心，是认识的机关，同时也承认心是可以主宰前五官的。不过因为荀子只承认五官与心有关系，不像佛家主张万法唯心，把一切法都包在心的范围以内。所以荀子所说的心，没有佛家所说的心的范围那么大。荀子对于认识机关的主张，既是恰与佛家相吻合的，因此他也把认识发生的程序，如同佛家一般分配。第一步认为须缘五官，就是五根对了五尘。第二步再由心加入工作，辩证五尘到底是什么，到这个时候，认识方才可以说是完全发生了。所以他说：

心有征知。（这是说心能辩证五根所对的尘是什么。）征知则缘耳而知声可也，缘目而知形可也。（这是说心辩证五根所对的尘是什么，须在根尘相对的当儿。）（《正名篇》）

不过荀子说了第二步（这第二步就是佛家的五俱意识）后，接着又说第三步。他说：

　　　　然而征知必将待天官之当簿其类，然后可也。（同上）

　　这是什么意思？这是说心虽然可以辩证根所对的尘是什么，但是还得在辩证以前，有过相当的经验，如果没有相当的经验，我们就不能辩证心所辩证的知是否不错，这样一来，就与佛家大不相同了。因为佛家并不主张第三步要用外来的经验为凭依的。他是主张第三步用自证分为归宿的，所以佛家说，我们听到声，是根尘相对，知其为什么，是意识加入证明。我们所知是什么声，那是自证分的作用，就是佛家认为认识到第三步的时候，是内心自己告知的。至于荀子，他说我们听到声是根尘相对，知其为什么声是心的辩证，也为自证分的作用。但是根于过去的经验，不是内心的告知，就是认为认识到了第三步的时候，是经验告诉的。从这样的研究，更可以知道在正名论当中所说的荀子注重经验的话不错了。也可以知道荀子虽和佛家有相同的地方，那不过是起首相同，归根结底，还是不同的。

　　三、认识的起源：从荀子上面所说的"然而征知必将待天官之当簿其类，然后可也"一句话去研究，我们知道荀子所主张的认识的起源，和佛家的主张完全不相同，而和西洋的经验论派的主张完全相同。荀子认为我们的知识，完全是由经验而来的。例如初生的小孩，到二三岁，手可以移动摸物的时候，他见着火，只觉得是一团红的微动的东西，至于热不热和烧人不烧人，那完全是不知道的。等到摸过一次以后，经验过一次火是热的和可以烧人的，于是他的天官簿就记下来了。再到第二次，他看见了火，就有点儿不敢伸手去摸，但是因为天官簿所记下来的经验还少，不能和他的好奇心相抵抗，于是他仍然伸手去摸，他当然还会碰到和前次同样的事情，又经验过一次火是热的和可以烧人的，于是他的天官簿再把它记下来。到第三次，他遇见火，就知道火的性情，再不敢去尝试摸索了。所以一个孩子知道火是可以烧人的，那完全是由经验而来的。有了这种经验，以后再遇见火，他的心就会告诉他，叫他不要再去摸索。心能告诉他，叫他不要再去摸索，那就是心能征知；但是心所以能够知道火是不可以摸的，这个原因是过去的经验，被天官簿记下来了，所以荀子说："征知必将待天官之当簿其类，然后可也。"至于佛家，始终不注重经验，并且以为人的经验，完全是建筑于无明上面的，这是根本不同的地方。

四、心的研究：心是认识的主要角色。所以不能不把它研究一番。

荀子对于心所安放的位置，恰和佛家安置意识一样。佛家把意识和前五识并列，认为意识是认识的主要角色；荀子也把心和五官并列，同时又认为心是认识的主要角色。所以荀子初说：

形体、色、理以目异，声音清浊、调竽奇声以耳异，甘、苦、咸、辛、酸、奇味以口异，香、臭、芬、郁、腥、臊、洒酸、奇臭以鼻异，疾、养、沧、热、滑、铍、轻、重以形体异，说、故、善、怒、哀、乐、爱、恶、欲以心异。

这是他把心与五官并列，而认为各有各的作用，也和佛家把意识与前五识并列，认为意识也有它自己的作用。但接着又说：

心有征知。征知则缘耳而知声可也，缘目而知形可也。（以上均《正名篇》）

这是他认为心是认识的主角，总握五官作用的大权。这又和佛家认为意识是完成认识的东西相同。所以根尘相对以后，须有意识加入，认识方才发生。

从这点去研究，我们知道在荀子思想当中，心所处的地位，比任何东西地位高而且重要。所以荀子自己又说：

心者，形之君也，而神明之主也，出令而无所受令。自禁也，自使也，自夺也，自取也，自止也。故口可劫而使墨云，形可劫而使诎申，心不可劫而使易意，是之则受，非之则辞。

心所处的地位，我们既明白了，现在再来看他的状态是怎样的。荀子自己有一段说明心的状态的话，让我先写出来。他说：

故人心譬如槃水，正错而勿动，则湛浊在下而清明在上，则足以见鬚眉而察理矣。微风过之，湛浊动乎下，清明乱于上，则不可以得大形之正也。心亦如是矣。故导之以理，养之以清，物莫之倾，则足以定是非，决嫌疑矣。小物引之，则其正外易，其心内倾，则不足以决庶理矣。（《解蔽篇》）

从这段话去研究，我们知道荀子所说的心，静时是一椿亮晶晶如静止的槃水一般的东西，它只可向外照见外物，却不像佛家所说的心，包藏了万物。所以依照荀子的主张，我们如果要知道外物，只要先把自己的心放平来，使它不要波动，更不要被障蔽，那么自然可以照见外物的道理。如果依照佛家的主张，那么我们要想探知外物，只有向内心参证，使心入定，自然就可以知道一切的物的道理。一向外一向内，这是两家完全不同的所在。

心的状态既知道了，再来研究心的作用。据荀子自己说：

一、"则足以定是非，决嫌疑"。

二、"说故、喜、怒、哀、乐、爱、恶、欲以心异"。

三、"心有征知"。

四、"心也者道之工宰也"。

五、"心知道"。

上面这五点，是荀子自己所说的心的作用。心的作用既明白了，我们就来研究心为什么有这等作用呢？据荀子自己说，心所以有这种作用，是因为心有虚、壹、静的特性。《解蔽篇》说：

> 心何以知？曰：虚壹而静。心未尝不藏也，然而有所谓虚；心未尝不满也，然而有所谓一；心未尝不动也，然而有所谓静。

何谓虚呢？他说：

> 人生而有知，知而有志。志也者，藏也，然而有所谓虚，不以所已藏害所将受谓之虚。

何谓壹呢？他说：

> 心生而有知，知而有异，异也者，同时兼知之。同时兼知之，两也；然而有所谓一，不以夫一害此一谓之壹。

何谓静呢？他说：

> 心，卧则梦，偷则自行，使之则谋。故心未尝不动也，然而有所谓静，不以梦剧乱知谓之静。

这虚、壹、静三者分开来说，就如上面的界说所说，合起来说，就叫作大清明。荀子说：

虚壹而静，谓之大清明。

心所以有上面的作用，就是因为有这大清明的特性。有了这大清明的特性，所以：

万物莫形而不见，莫见而不论，莫论而失位。坐于室而见四海，处于今而论久远，疏观万物而知其情；参稽治乱而通其度，经纬天地而材官万物，制割大理；而宇宙里矣。

因为心能够这样，所以心就有上面所述的五种大作用。

心所以有上面所述的五种大作用的道理既明白了，现在再来研究如何养心，就是养心的法术。关于养心的话，我已在前修身论当中说过一段；不过那所说的，是关于整个的人格修养的话。并且在那里也没有详细分开说，现在要来专说关于认识作用的心，应如何修养法。在《不苟篇》所说的"诚养心"，是养认识的心的第一种方法。关于这段话已在修身论当中引述过，无容再述。

这里的诚字的意义，和孟子所说的"诚道"的诚字意义相同。这里所说的诚，是说保持心的原有的状态，使他不被外物所倾，或是所蔽。心的原有的状态是怎样的呢？是亮晶晶如槃水一般，可以照见最微细的物理的。这种状态就是心的原来的一种大清明的特性，它的作用很大，所以我们要永远保持它。

如果一个人能永远保持这种心的状态，那么我们对于一切外事外物，就没有不明白的。所以荀子说："能如神而化，如明而变。"

现在我有一个声明：孟子因为主张性善，就主张诚道；荀子因为主张性恶，就主张伪道。所谓诚就是尽量发展善性，或保守善性的意思。所谓伪就是变化恶性，而起善性的意思。因为主张性善而主张用诚道，因为主张性恶而主张用伪道，这是必然的结果，一看就知道的；但是荀子为什么在这儿又要说诚养心呢？主伪的人，为什么又主张诚呢？这岂不是有些自相矛盾吗？事实上并不然。荀子主张伪，是对性说的，主张诚是对心说的。心与性固且不是一样东西，就是心与性的状态也是不同的。据荀子的意思，性是本恶的，心是本来清明的。性是恶的，所以要用伪道变化它。心是清明的，所以要用诚养它，如孟子主张性善，乃用诚道去发展或保持善性一般。不过孟子所说的诚，又是对性说的。所以诚的意义虽然相同，然而诚的用处是不同的。我们不可因为一字的不同，就以为是荀子自己矛盾。荀子是一个博学笃实的人，他岂肯发出自相矛盾的话？

第二种养心的法术，是以理制心，就是心要暗与理会。《正名篇》说：

> 故欲过之而动不及，心止之也。心之所可中理，则欲虽多，奚伤于治！欲不及而动过之，心使之也。心之所可失理，则欲虽寡，奚止于乱！

圣人纵其欲，兼其情，而制焉者理矣。夫何强？何忍？何危？故仁者之行道也，无为（无为谓知达理则不作）也；圣人之行道也，无强（无强谓全无达理也）也。仁者之思也恭，圣人之思也乐，此治心之道也。（《解蔽篇》）

以上是叙述荀子养心的法术。养心的法术既明了，再来研究用心的方法。据荀子所说，我们用心，应当专一。如果能专一，那么就不为博杂所困。他说：

故曰：心容其择也，无禁必自见，其物也杂博，其情之至也不贰。《诗》云："采采卷耳，不盈顷筐。嗟我怀人，寘彼周行。"顷筐易满也，卷耳易得也，然而不可以贰周行。故曰：心枝则无知，倾则不精，贰则疑惑。以赞稽之，万物可兼知也。身尽其故则美，类不可两也，故知者择一而壹焉。（同上）

荀子这种用心专一的方法，就是《大学》所说的定于一的意思。也和佛家所主张入定的方法差不多。所以荀子引曾子的话说：

是其庭可以搏鼠，恶能与我歌矣！（同上）

这是说外物诱心，那么思不精，不能成歌了。又说：

空石之中有人焉，其名曰觙，其为人也，善射以好思。
耳目之欲接则败其思，蚊虫之声闻则挫其精，是以辟耳目之
欲，而远虫之声，闲居静思则通。（同上）

以上两段都是荀子说明心如果同时兼用，那就会害事的。

不过专一是一种方法。但所专一的是什么？我们应当再来
研究。据荀子的意思，他所说的专一，不是说心要专一于物，
而是说要专一于道。《解蔽篇》说：

农精于田而不可以为田师，贾精于市而不可以为贾师，
工精于器，而不可以为器师。有人也，不能此三技而可使治
三官，曰：精于道者也，精于物（精于物指农精于田说）者
也。精于物者以物物，精于道者兼物物。故君子一于道而以
赞稽物。一于道则正，以赞稽万物则察，以正志行察论，则
万物官矣。昔者舜之治天下也，不以事诏而万物成。处一危
之，其荣满侧；养一之微，荣矣而未知。故《道经》曰："人
心之危，道心之微。"危微之几，惟明君子而后能知之。

但所谓"一道"，并不是说一个道。因为宇宙间只有一个
整个而又绝对的道，没有许多道。所以荀子要人专于一道，并
不是从许多道里择一而专。那么所谓一道是什么道呢？是整个
的道，或是一贯之道。故专一就是要精于一贯之道。荀子在《解

蔽篇》里评当时各家学说说：

> 墨子蔽于用而不知文，宋子蔽于欲而不知得，慎子蔽于
> 法而不知贤，申子蔽于执而不知知，惠子蔽于辞而不知实，
> 庄子蔽于天而不知人。故由用谓之道，尽利矣；由俗谓之道，
> 尽嗛矣；由法谓之道，尽数矣；由执谓之道，尽便矣；由辞
> 谓之道，尽论矣；由天谓之道，尽因矣：此数具者，皆道之
> 一隅也。夫道者，体常而尽变，一隅不足以举之。曲知之人，
> 观于道之一隅而未之能识也。

> 思仁若是，(此指辟耳目之欲专一于物而言。)可谓微(微
> 即精于道)乎？孟子恶败而出妻，可谓能自强矣；有子恶卧
> 而焠掌，可谓能自忍矣。未及好也。辟耳目之欲，可谓能自
> 强矣，未及思也。蚊虫之声闻则挫其精，可谓危矣，未可谓
> 微也。夫微者也，至人也。至人也，何强？何忍？何危？(同上)

上面的话，不但可以证明荀子教人用心要专一，并且还可
以证明他教人要以一贯之道为依归。所以荀子评论当时诸子的
学说，不说是异道，而说是道的一隅。认为诸子见道的一隅而
蔽其余的道。所以要做《解蔽》一篇文章去说破他们。

以上是心的研究。现在再来研究认识的目的：

五、认识的目的：就普通来说，只要认识一种东西就足够
了。例如见花要明白那是什么花，又要知道那种花的香色，但

这是一种粗朴的目的。认识还有一种更高深的目的，那就是要知"道"。《解蔽篇》说：

> 圣人知心术之患，见蔽塞之祸，故无欲无恶，无始无终，无近无远，无博无浅，无古无今，兼陈万物，而中县衡焉。是故众异而不得相蔽以乱其伦也。何谓衡？曰：道。
>
> 故心不可以不知道。心不知道，则不可道而可非道。人孰欲得恣而守其所不可，以禁其所可？以其不可道之心取人，则必合于不道人，而不知合于道人。以其不可道之心，与不道人论道人，乱之本也。
>
> 夫何以知！曰：心知道，然后可道；可道，然后能守道以禁非道。以其可道之心取人，则合于道人，而不合于不道之人矣。以其可道之心，与道人论非道，治之要也。何患不知？故治之要在于知道。

六、荀子论道：

甲，荀子所说的道，和道家所说的道不相同。道家所说的道，是一种无往而不入，自然自在的天道。荀子所说的道，是切近于人类生活的一种一贯之道。这种道非天道又非地道，是人之道，换句话说，是人类生活的真理。《儒效篇》说：

> 道者，非天之道，非地之道，人之所以道也，君子之所

道也。

　　道者何也？曰：君道也。君者何也？曰：能群也。(《君
道篇》)

　　乙，道的情状：道这样东西，既是人类生活的真理，那么，
他到底是时时转变的，还是超时空绝对不变的呢？据荀子的意
思，道的本体是常住而不变的，即是绝对的。不过他的现象却
是变化无常的。同时也是浑沦不可分的。所以荀子在《解蔽篇》说：

　　夫道者，体常而尽变，一隅不足以举之。

　　荀子的认识论，虽没有西洋近代的认识论那样组织完密，
也没有佛家唯识论那样说的透彻，然而也有许多和两者相吻合
的地方。并且有许多独创的思想，这可以见到荀子学问广博而
笃实和在中国的地位了。惜乎宋明诸子一见荀子道性恶，就退
避三舍。幸喜近来学风转变，有人再向荀子书中求珍藏；然而
又不幸这种有价值的解蔽论，没有被人认识，有些人竟说荀子
的《解蔽篇》是荀子的心理学。张冠李戴，真令人发笑！心理
学是研究人类行为的科学。认识论是研究人类知识的东西，彼
此虽有相通的地方，但总不能混为一谈。荀子的《解蔽篇》所
说的完全是关于知识各方面的话，如果说是心理学，那岂不把
认识论和心理学混为一谈吗？

十三 结论

荀子各种学说，已经在前面叙述过了，对不对自己并不敢说，只希望读者用客观的态度，加以严格地批评和指教错误的地方，那么就感激得很！现在来做一个结论：

从前面已经叙述了的各种学说去计算，荀子的学说总共有性论、天论、欲论、礼论、乐论、劝学、修身、正名、王制、议兵、解蔽十一种学说。性论虽是儒家的中心问题——儒家诸子个个都有性论，但欲是儒家其余诸子所不注重的；至于道家更不重欲，所以他们都没有欲论。天论虽墨子有《天志》一篇，可以和荀子对抗，但又没有荀子的思想来的新颖。礼、乐虽为儒家的至宝，但儒家其余诸子，没有人把礼、乐专门来研究，至于荀子他不单把礼、乐分开专门研究，而且说得非常透彻，有许多前人所未发的思想。劝学论与修身论，是比较普通些，因为其余的儒家人物，对于这两个问题，都是很注意的。不过荀子的劝学论里也还有他自己的特创的思想。例如他提出的实验方法，就是他对中国教育思想一个特别的贡献。正名论是荀子的名学，虽然有墨子的名学与他对抗，但荀子有许多理论比墨子来的精确。王制论是荀子的政治哲学，在这篇也有他特创的思想，并非其余的人所能及的。至于《议兵》和《解蔽》两篇，那更是荀子独创的思想。

荀子一共有十一种学说，有些是别人没有讨论过的，有些是别人没有见到而是他自己独创的。这足见荀子的学问广博，思想伟大，系统完整，是先秦诸子中唯一的人物。所以我们对于他并不敢加以批评，只有诚心悦服而已！

图书在版编目（CIP）数据

荀子学说研究 / 杨大膺著 . —济南：山东文艺出版社，
2018.7
（齐鲁文化研究文库）
ISBN 978–7–5329–5652–4

Ⅰ . ①荀… Ⅱ . ①杨… Ⅲ . ①荀况（前 313 —前 238）
—哲学思想—研究②《荀子》—研究 Ⅳ . ① B222.65

中国版本图书馆 CIP 数据核字（2018）第 098295 号

责任编辑：冯　晖　于　潇
装帧设计：刘小军

荀子学说研究

杨大膺　著

主管单位	山东出版传媒股份有限公司	
出版发行	山东文艺出版社	
社　　址	山东省济南市英雄山路 189 号	
邮　　编	250002	
网　　址	www.sdwypress.com	
读者服务	0531–82098776（总编室）	
	0531–82098775（市场营销部）	
电子邮箱	sdwy@sdpress.com.cn	
印　　刷	山东临沂新华印刷物流集团有限责任公司	
开　　本	890 毫米 × 1240 毫米　1/32	
印　　张	4.5	
字　　数	108 千	
版　　次	2018 年 7 月第 1 版	
印　　次	2018 年 7 月第 1 次印刷	
书　　号	ISBN 978–7–5329–5652–4	
定　　价	38.00 元	